Y0-BUD-259

# PERDIDO SIN TI
## Barbara McCauley

HARLEQUIN®
Tiempo para ti®

Editado por HARLEQUIN IBÉRICA, S.A.
Hermosilla, 21
28001 Madrid

I.S.B.N.: 84-671-0304-3
Depósito legal: B-48880-2002
Editor responsable: M. T. Villar
Diseño cubierta: María J. Velasco Juez
Composición: M.T., S.L.
Avda. Filipinas, 48. 28003 Madrid
Fotomecánica: PREIMPRESIÓN 2000
c/. Matilde Hernández, 34. 28019 Madrid
Impresión y encuadernación: LITOGRAFÍA ROSÉS, S.A.
c/. Energía, 11. 08850 Gavá (Barcelona)
Fecha impresion para Argentina:20.1.04
Distribuidor exclusivo para España: LOGISTA
Distribuidor para México: PUBLICACIONES SAYROLS, S.A. DE C.V.
Distribuidores para Argentina: interior, BERTRAN, S.A.C. Vélez
Sársfield, 1950. Cap. Fed./ Buenos Aires y Gran Buenos Aires,
VACCARO SÁNCHEZ y Cía, S.A.
Distribuidor para Chile: DISTRIBUIDORA ALFA, S.A.

# *Capítulo Uno*

BIENVENIDO A RIDGEWATER, TEXAS, PO-
BLACIÓN 3.546. CUNA DEL PASTEL DE
FRUTAS MÁS GRANDE DEL MUNDO.

Seth Granger se quedó mirando el cartel de
diez metros, con una sonriente familia po-
sando al lado de un pastel de frutas tan grande
como Godzilla.

¿Pastel de frutas?

Después de ocho años como detective en Albuquerque creía haberlo visto todo. Aparentemente, no era así.

Sacudiendo la cabeza, redujo la velocidad
de su Harley. Lo último que quería era una
multa. Después de seis horas en la autopista, lo
que necesitaba era llenar el depósito de gasolina, comerse la hamburguesa más grande que
pudiera encontrar y beber una jarra de agua
helada.

Por la noche estaría en Sweetwater y lo primero sería buscar un bar. Llevaba todo el día
deseando tomar una cerveza y casi podía sentir
el fresco líquido de color ámbar deslizándose
por su garganta.

Si añadía una pizza y una camarera guapa, no se podía pedir más a la vida.

Una mujer que paseaba un terrier negro al lado de la carretera se quedó mirándolo con cara de pocos amigos. El perro empezó a ladrar y a tirar de la correa, furioso.

Menuda hospitalidad, pensó Seth. Pero, la verdad, no debía tener muy buena pinta. Llevaba dos días sin afeitarse y el pelo casi hasta los hombros. Tuvo que dejarlo crecer para su último caso, infiltrarse en una organización dedicada a fabricar drogas de diseño, y todavía no se lo había cortado. Y con el casco y las gafas de motorista, debía parecer un cantante de rock duro. O un vagabundo.

El calor de la tarde quemaba el asfalto cuando paró en una gasolinera, donde todo el mundo se quedó mirándolo como si fuese una aparición.

Se preguntaba qué haría la buena gente de Ridgewater si se pusiera a dar gritos. Seguramente subir al coche y salir pitando como si fuera Satán. La idea lo hizo sonreír.

Pero tenía cosas más importantes en qué pensar que la gente de Ridgewater.

Cosas tan importantes como la carta que llevaba en la mochila; una carta del bufete de abogados Beddingham, Barnes y Stephens.

Había encontrado una pila de correo cuando volvió a casa después del fiasco de su último caso. Pero no tenía intención de mirar facturas o propaganda aquella noche. Solo quería ponerse una bolsa de hielo en la cabeza y tomar un vaso de whisky.

Pero la carta estaba encima de las demás y los tres apellidos eran como un neón. Seguramente, alguien le habría puesto una demanda. Quizá algún capo de la droga a quien no le hizo gracia ser detenido. O quizá al imbécil del piso de abajo, el que pegaba a su mujer, lo había molestado que interviniese dos semanas antes.

La lista podría ser interminable, pensó, dejando la carta en su sitio.

Pero mientras se echaba hielo en un vaso, volvió a tomarla. Entonces vio que el remite era de Wolf River County, Texas.

¿Wolf River?

Sorprendido, abrió el sobre con manos temblorosas.

Y veinticuatro horas después de eso, en la gasolinera de Ridgewater, Texas, recordaba cada palabra. Sobre todo el segundo párrafo, tercera línea...

*Rand Zacharias Blackhawk y Elizabeth Marie Blackhawk, hijos de Jonathan y Norah Blackhawk de Wolf River County, Texas, no murieron en el accidente en el que sus padres perdieron la vida...*

Había más por supuesto. El nombre del abogado con quien debía ponerse en contacto, el teléfono del bufete, algo sobre una herencia... aunque por lo poco que Seth recordaba de su infancia, el pequeño rancho de sus padres no debía valer mucho.

Pero eso le daba lo mismo. Lo único que le importaba era que Rand y Lizzie no habían muerto.

Estaban vivos.

Vivos.

Su primer pensamiento fue que era un error, un trágico error. O peor, una broma de mal gusto. Pero nadie sabía nada sobre su pasado. Nadie sabía que durante los primeros siete años de su vida, hasta que fue adoptado por Ben y Susan Granger, el apellido de Seth era Blackhawk. Apenas lo recordaba él mismo.

Seth miró los números del tanque de gasolina. Solo tenía siete años entonces. Rand, su hermano mayor, tenía nueve. Elizabeth, Lizzie, acababa de cumplir dos.

La carta había sido como un golpe en el pecho. Saber después de veintitrés años que sus hermanos, a los que creía muertos, estaban vivos, era algo abrumador.

No recordaba cuánto tiempo se había quedado sentado en el sofá, en la oscuridad, mirando la carta. Pero cuando empezó a amanecer, Seth marcó el número del bufete y dejó un mensaje.

Después esperó, con el teléfono sobre las rodillas.

Era cierto. El abogado se lo confirmó un par de horas más tarde. Rand y Lizzie no estaban muertos. Rand había sido localizado, pero seguían buscando a Lizzie.

El abogado le pidió que fuese a Wolf River y él aceptó inmediatamente.

Con el corazón acelerado, las manos temblorosas, colgó el teléfono y se quedó mirándolo durante quince minutos. Después durmió doce horas seguidas.

El hecho de que lo hubieran suspendido durante seis semanas se lo puso muy fácil. Metió un par de cosas en una mochila y tomó la carretera. Nadie lo echaría de menos en Albuquerque. No tenía esposa, ni hijos... ningún compromiso.

Y así era exactamente como le gustaba. Había intentado vivir con Julie, su última novia, pero la vida de un policía secreto no facilitaba en absoluto la relación de pareja. Nunca sabía cuándo llegaría o si llegaría a casa. Le había advertido, pero Julie pensó que podría acostumbrarse.

De modo que se mudó a su apartamento y lo llenó de toques femeninos: posavasos, cojines de punto de cruz, velas, fotografías enmarcadas de los dos...

Seis meses después Julie estaba harta. Cuando se separaron, rompió sus fotografías y las echó en un cubo de metal, junto con las velas y algún que otro regalo. Y le prendió fuego. Al final, tuvieron que llamar a los bomberos.

Cuatro semanas después, Seth seguía siendo objeto de bromas en la comisaría.

De modo que no volvería a vivir con nadie, se juró a sí mismo. No quería ese tipo de complicación.

No era tonto, sabía que en el momento que una mujer se mete en tu casa empieza a pensar en alianzas, vestidos de novia y niños. Todo eso estaba muy bien para cualquier otro hombre, pero no para Seth.

Había visto la angustia en el rostro de su madre adoptiva cuando los compañeros de su padre en el cuerpo de policía entraron en casa una noche, con la cabeza baja. Al Mott y Bob Davis habían sido el tío Al y el tío Bob para Seth durante diez años. Después del funeral, los dos le aconsejaron no ingresar en el cuerpo. Según ellos, debía ir a la universidad y hacerse arquitecto o abogado.

Su madre lloró el día que recibió la placa, pero le dio su bendición. Eso fue diez años antes.

Había días en los que pensaba que Al y Bob habían tenido razón. Trabajar de ocho a tres en una oficina era algo que empezaba a sonar cada vez más apetecible.

Especialmente después de su último caso, pensó Seth, suspirando.

Cuando terminó de llenar el depósito de gasolina, volvió a ponerse el casco. Al otro lado de la gasolinera una señora mayor estaba mirándolo y él le guiñó un ojo. Por supuesto, la señora apartó la mirada inmediatamente.

Altos olmos y mansiones victorianas bordeaban la calle principal de Ridgewater. Varias de las casas tenían carteles en la puerta: un bufete, una clínica, una tienda de antigüedades...

A la izquierda de cada cartel, en una esquinita, un pastel de frutas dibujado. Seth sacudió la cabeza, incrédulo.

Estaba llegando al final de la calle cuando vio a una niña tras una valla blanca. La cría, una rubita de pelo rizado, movía los brazos agitadamente.

Sorprendido, redujo un poco la velocidad y su corazón se detuvo al ver a otra niña colgando de un árbol. Estaba a varios metros del suelo, con el pantalón enganchado en una de las ramas.

Hay momentos en los que una persona no piensa, sencillamente actúa.

Seth atravesó la valla con la motocicleta y saltó de ella prácticamente sin darle tiempo a detenerse, quitándose el casco a toda velocidad.

–¡No te muevas, cielo!

La niña lo miró con expresión aterrorizada. La tela del pantalón iba rasgándose por segundos...

–No te muevas. No respires.

–¡Maddie!

Seth ignoró el grito femenino mientras subía con cuidado por las ramas.

–¡Ya te tengo! –suspiró, tomando a la niña por la cintura.

La mujer que había gritado, una rubia de pelo rizado que debía ser su madre, estaba debajo del árbol con los brazos extendidos.

Seth le dio a la niña con una mano mientras se sujetaba al tronco con la otra.

–¡Mamá!

–No pasa nada, cariño.

Él dejó escapar un suspiro de alivio. Había tenido mucha suerte. Si no hubiera pasado por allí, la niña podría...

La rama sobre la que estaba sentado empezó a crujir entonces. Intentó sujetarse a otra, pero se partió y...

Y, de repente, todo se volvió negro.


Hanna Michaels vio, horrorizada, cómo el hombre caía al suelo. Con Maddie en brazos, se inclinó para intentar ayudarlo. Estaba de espaldas, muy quieto, las piernas estiradas. Pero no sabía si respiraba.

«Ay, Dios mío, está muerto», pensó.

Le puso una mano en el corazón... afortunadamente, seguía latiendo.

–Madeline Nicole –dijo, soltando a la niña–. Quédate al lado de tu hermana y no te muevas un centímetro, ¿me oyes?

Con los labios temblorosos, la niña se acercó a Missy, que estaba mirando la escena con cara de horror. Las mellizas se dieron la mano, asustadas.

–Hannah Michaels, ¿qué demonios está pasando aquí? –gritó la señora Peterson, su vecina–. ¿Eso que hay delante de tu casa es una moto?

–Por favor, llame al doctor Lansky. Dígale que es una emergencia –gritó Hannah.

–¿Una emergencia? ¿Qué clase de emergencia?

–Por favor, señora Peterson. Hay un hombre malherido.

–¿Malherido? Entonces será mejor que llame ahora mismo. Aunque es martes y puede que el doctor Lansky esté en la clínica o de pesca con su nieto en el lago Brightman...

–¡Señora Peterson, por favor!

–Ah, sí, sí, perdón. Ahora mismo llamo.

Su vecina se dio la vuelta y entró corriendo en casa.

Hannah tocó la mejilla del hombre. Afortunadamente, estaba caliente. Tenía un corte sobre la ceja izquierda y un bulto en la frente.

–No se mueva –dijo cuando vio que intentaba levantarse–. El médico llegará enseguida.

Él contestó con un gemido. Su camiseta negra se había rasgado desde el cuello hasta el hombro y no veía ninguna herida, solo un rasguño. Parecía un hombre muy fuerte, pero podría tener alguna herida interna o una conmoción cerebral.

Hannah metió la mano en el bolsillo de sus vaqueros para sacar un pañuelo de papel, pero recordó que lo había usado para limpiarle la cara a Missy poco antes. Entonces levantó su camiseta rosa y limpió la sangre como pudo.

¿Quién sería?, se preguntó. Ella había nacido en Ridgewater y llevaba veintiséis años viviendo en el pueblo. Conocía a todo el mundo y nunca lo había visto por allí. Entonces miró la moto tirada sobre la hierba. Tenía matrícula de Nuevo México.

Seguía sin saber qué había pasado. Unos minutos antes Missy y Maddie estaban jugando en el salón con sus muñecas mientras ella hablaba por teléfono con su tía Martha... o más bien, mientras escuchaba la misma cantinela de siempre.

–Es un error, Hannah Louise. Una mujer sola criando a dos niñas en un pueblo perdido de Texas... Las niñas necesitan cultura, una familia y una educación respetable. Tienes que olvidar esa ridícula idea de abrir un hostal en Ridgewater. Venderemos la casa y os vendréis a vivir conmigo a Boston.

Por mucho que le dijera que las niñas y ella eran felices en Ridgewater, en la casa que había sido de sus abuelos, no podía hacérselo entender. Y para empeorar las cosas, después de oír el grito de Missy, Hannah colgó sin despedirse.

Pero ya se preocuparía de la tía Martha más tarde. En aquel momento tenía cosas más importantes que solucionar. Sobre todo, qué hacer con el motorista que estaba inconsciente en su jardín.

El hombre movió la cabeza de lado a lado y Hannah le puso una mano en el brazo.

–No se mueva, por favor.

Entonces, de repente, él se incorporó y la tomó por los hombros.

–¿Dónde está Vinnie?

–¿Vinnie?

–Estaba detrás de mí, maldita sea... ¿Dónde demonios está?

–Yo no sé de qué...

–¡Nos están disparando! Dile a Jarris que espere.

Hannah puso las manos sobre el pecho del hombre, intentando volver a tumbarlo sobre la hierba, pero era como empujar un muro de cemento.

–No se preocupe, se lo diré a Jarris. Pero túmbese...

El hombre la miraba, pero sabía que no estaba viéndola. Parecía perdido, confuso.

–¿Qué demonios...? ¿Quién es usted? –preguntó entonces.

–Hannah Michaels. Por favor, no se mueva hasta que llegue el médico.

–La niña que estaba en el árbol... ¿le ha pasado algo?

–No, está bien. Gracias a usted.

Él, sin embargo, no había tenido tanta suerte.

–Mi moto –dijo, volviendo la cabeza.

Y entonces empezó a soltar tacos. Unos tacos que Hannah no había oído en su vida.

–¡Maddie y Missy, a casa ahora mismo!

Las niñas corrieron hacia el porche, asustadas.

–Siento mucho lo de su moto. Yo pagaré la reparación, no se preocupe.

No sabía cómo iba a hacerlo, pero se preocuparía más tarde.

—Olvídelo –dijo él–. Estoy bien.

–No está bien. Túmbese, por favor.

Seth no quería tumbarse. Quería subir a la moto y marcharse de aquel pueblo antes de que ocurriera otro desastre. Pero no era tan tonto como para pensar que el suelo se movía; era su cabeza la que daba vueltas.

Solo necesitaba un minuto, se dijo, para recuperar el equilibrio.

Miró entonces a la mujer que estaba a su lado. Era esbelta, alta, con el pelo rubio rizado y una piel de porcelana. Y sus ojos eran tan azules como el cielo.

Entonces miró su boca. De labios generosos, invitadores...

Y entonces miró más abajo, hacia la camiseta rosa manchada de sangre.

–¿Es mía?

–Se ha hecho un corte en la frente. Por favor, no se mueva hasta que llegue el médico.

–No necesito un médico –dijo Seth, intentando levantarse.

Pero se le doblaron las piernas.

–¿Va a tumbarse de nuevo o tendré que ponerme seria? –le espetó ella, tomándolo por la cintura.

Si no le doliera tanto la pierna, habría soltado una carcajada. Debía pesar la mitad que él y medía veinte centímetros menos, de modo que no podía imaginar qué pensaba hacerle.

Pero cuando sintió el roce de sus pechos empezó a imaginar otras cosas... Su cuerpo respondía a la proximidad femenina y a su suave perfume. Estaba herido, pero no estaba muerto.

–De verdad creo que debería tumbarse.

En otra situación, con ellos dos en la cama, desnudos, aquello habría sonado como música celestial.

Pero no era el caso. Desgraciadamente, solo quería recuperar el equilibrio y marcharse de allí a toda velocidad.

Seth dio un paso adelante. La rueda de la moto estaba torcida en un ángulo raro... mal asunto.

Al oír un gruñido sordo, volvió la cabeza y volvió a marearse.

Muy mal asunto.

Un pastor alemán del tamaño de un poni corría hacia él con cara de pocos amigos.

# *Capítulo Dos*

–¡Beau! ¡Al suelo!

El animal se detuvo inmediatamente al oír la orden y Seth dejó escapar un suspiro.

¿Qué le faltaba por soportar?, pensó. ¿Un enjambre de abejas asesinas o un meteoro cayendo del cielo justo a sus pies?

–Buen chico –dijo Hannah, acariciando al perro–. Buen chico.

Beau movió la cola, sin dejar de mirar al extraño con gesto amenazador.

–Bonito perro –sonrió Seth.

–Es de la señora Peterson, mi vecina, pero ha adoptado a mis hijas. Es muy bueno, no se preocupe.

–¿He dicho yo que estuviera preocupado? Atravieso vallas con la moto, me caigo de los árboles y me enfrento con perros feroces todo el tiempo. Es solo un día como otro cualquiera.

Ella levantó una ceja.

–Pues debe llevar una vida muy interesante, señor...

–Seth Granger.

–Muy bien, señor Granger. Ya que está tan

decidido a levantarse, ¿por qué no entra en casa? El médico llegará enseguida para echarle un vistazo a su cabeza.

–No hay nada que ver –insistió él–. Estoy perfectamente.

–De todas formas...

–Mire, agradezco su preocupación y me alegro de que la niña esté bien. Iré a algún taller para que me arreglen la moto y me marcharé de aquí.

Seth no sabía muy bien qué pasó después. Había dado un paso hacia la moto y, de repente, le fallaron las piernas. Hannah intentó sujetarlo, pero pesaba tanto que cayó al suelo con él.

Y le gustaba tenerla encima. El calor de su piel atravesaba la camiseta y casi lo hacía olvidar el dolor...

Al oír un gruñido, Seth cerró los ojos.

–Muy bien –dijo, con los dientes apretados–. Usted gana. Esperaré al médico.


–Ha tenido suerte –dijo el doctor Lansky–. Parece que solo es un esguince.

Desde que entre el médico y Hannah lo llevaron al interior de la casa, rasgaron la camiseta y rompieron los vaqueros para ver su pierna, todo había sido un caos.

El teléfono había sonado varias veces y los vecinos hicieron un corrillo para observar cómo la grúa se llevaba la moto.

Le dolía la cabeza como si estuvieran golpeándolo con un martillo y tenía el tobillo muy hinchado.

Y tuvo que apretar los dientes para no soltar una palabrota. Pero, al menos, el corte en la frente no necesitaba puntos y el rasguño del hombro era solo superficial.

Miró entonces a Hannah, que estaba de pie mirándolo con cara de preocupación. Y luego observó a dos niñas rubias, evidentemente mellizas, que lo observaban con los ojitos azules muy abiertos.

Se parecían mucho a su madre y, a pesar de la conmoción, se preguntó dónde estaría el padre.

Seth miró entonces la mano de Hannah. No llevaba alianza.

–Habrá que hacer rayos X –dijo el médico–. Hay que tener cuidado con los esguinces. No sabemos si hay algún hueso astillado.

–Yo puedo llevarlo al hospital –se ofreció Hannah–. Voy por mi...

–No es necesario –la interrumpió Seth–. El hueso no está roto.

–Ah, ya veo, señor Granger –sonrió el doctor Lansky, guardando las gafas en el bolsillo–. Además de su habilidad para volar por los aires y subirse a los árboles, ¿también tiene rayos X en los ojos?

–Si tuviera un hueso roto, lo sabría.

–¿De verdad?

Se había roto cuatro, para ser exactos. Ade-

más de haber recibido un disparo y dos navajazos. No pensaba dejar que un ridículo esguince le hiciera perder tiempo.

–Por la mañana habrá bajado la hinchazón.

–Veo que sabe usted mucho de medicina
–sonrió el médico, sacando un libro de recetas
del maletín–. Por el momento, será mejor que
tome un analgésico. Y le recomiendo que no
apoye el pie en dos o tres días.

–Eso no es posible. Tengo que marcharme
ahora mismo.

El doctor Lansky cortó la receta y se la dio a
Hannah.

–No parece haber conmoción cerebral,
pero échale un vistazo de vez en cuando. Ya sabes los síntomas: palidez, ojos dilatados, confu-
sión...

–¿Debo cambiarle la venda de la frente?

–Por la mañana...

–¡Un momento! –lo interrumpió Seth–. Para
empezar, puede dirigirse a mí, no estoy muerto. Además, yo mismo puedo cambiarme la
venda. Y no pienso estar aquí por la mañana.

–Lo que usted diga, señor Granger –sonrió
el médico. Después, se volvió hacia las niñas–.
La señora Lansky está fuera repartiendo galletas. ¿Queréis una?

Las mellizas miraron a su madre. Evidentemente, ellas tenían la culpa de todo aquel lío,
pero una galleta era una galleta, al fin y al
cabo.

En otro momento, Hannah habría dicho que

19

no. En otro momento las mellizas estarían en su habitación castigadas... probablemente hasta los dieciocho años.

Pero la verdad era que ella misma estaba asustada. Y cada vez que miraba a Maddie se le encogía el corazón al pensar en lo que podría haber pasado.

Cruzó los brazos y miró a sus hijas con una expresión que ellas conocían bien; la expresión de «os habéis metido en un buen lío».

–Una galleta y a vuestro cuarto.

Las niñas salieron corriendo detrás del doctor Lansky para evitar la bronca.

–No me lo puedo creer –dijo Seth, apoyando la cabeza en el respaldo del sofá–. Casi me mato y sus vecinos repartiendo galletas.

–¿Quiere una?

El extraño la fulminó con la mirada. Pero Hannah había descubierto que no era tan peligroso como parecía.

Bueno, al menos, eso pensaba.

Estaba tan preocupada que apenas tuvo tiempo de mirarlo bien, pero era tan alto que ocupaba todo el sofá. No se había quejado ni una sola vez mientras el doctor Lansky lo examinaba y, sin embargo, lo vio apretar los dientes cuando le pidió que moviese el pie.

Llevaba el pelo largo, casi hasta los hombros, negro y brillante. Tenía las cejas rectas, tan oscuras como el pelo, y unos ojos como el carbón. El mentón cuadrado, sin afeitar, y una pequeña cicatriz en la barbilla.

Hannah observó el ancho torso, cubierto de un fino vello oscuro que bajaba por su estómago plano hasta perderse bajo el botón del vaquero... y tuvo que tragar saliva.

Cuando volvió a mirarlo, su expresión no era tan fiera como unos momentos antes.

–Señor Granger...

–Seth.

–Seth –dijo ella, juntando las manos–. No sé cómo darte las gracias por salvar la vida de mi hija.

Él no dijo nada, solo la miró como diciendo: «Yo podría sugerir un par de ideas».

–Por lo visto, la niña tiró su muñeca al árbol y se quedó enganchada en una rama. Si no hubieras llegado tú...

–La niña está bien, eso es lo importante –dijo Seth, encogiéndose de hombros.

En ese momento, Hannah oyó a las niñas riéndose en el porche y dio gracias a Dios en silencio.

–Pero tú no. Lo siento mucho, de verdad.

–Así es la vida. Me quedaré a dormir en Ridgewater y mañana estaré como nuevo.

Seth movió la pierna y tuvo que morderse los labios para disimular el dolor. Estaba claro: no podía ir a ningún lado en sus circunstancias. Ni en aquel momento ni por la mañana.

Hombres. A veces eran tan tontos.

–Seth, escucha –dijo Hannah, sentándose sobre el brazo del sofá–. Admiro tu determinación, pero creo que es hora de cambiar los planes. Tengo una idea.

–¿Ah, sí? Estoy deseando oírla –dijo él, sarcástico.

–Pues me alegro porque vas a tener que hacerlo.

Hannah tomó un pañuelo para secarle el sudor, pero Seth sujetó su mano. No decía nada, pero la miraba con tal intensidad que su pulso se aceleró.

No podía hablar, no podía moverse, tan sorprendida estaba. Nunca había experimentado algo así. Nunca había experimentado a *nadie* como él. El calor de su cuerpo, el olor masculino de su piel, la abrumaban.

Y entonces Seth acarició su brazo, una caricia suave, apenas un roce.

El tiempo pareció detenerse. Nada parecía existir más que aquel momento, aquel extraño instante. Debería sentirse ofendida por esa caricia absurda, pero no se sentía ofendida en absoluto.

Estaba excitada.

Su piel ardía y le costaba respirar. Y sentía un calor entre las piernas.

¿Cómo era posible?, se preguntó. Ella no era el tipo de mujer que se excita con un extraño... ni siquiera el tipo de mujer que se excita con un hombre al que conoce bien. Había aceptado ese hecho mucho tiempo atrás. El sexo cuando estaba casada era agradable, pero nunca entendió por qué despertaba tantas pasiones.

–¿Qué sugieres que haga?

–¿Qué? –murmuró ella, confusa. Habría podido sugerir muchas cosas, pero ninguna en voz alta–. ¿Sugerir?

–Has dicho que tenías una idea. ¿Qué idea?

¿Una idea? Hannah intentó recuperar la compostura y recordar de qué estaban hablando antes de que él la tocase y pusiera su mundo patas arriba.

–Yo... puedes quedarte a dormir aquí.

–¿Aquí? ¿En tu casa?

–Sí, claro. Llevo seis meses intentando convertirla en un hostal y solo me queda arreglar dos habitaciones. Puedes dormir en una de las que ya están preparadas.

Seth se quedó mirándola durante unos segundos y a Hannah le parecieron horas.

–¿No te importa que un completo extraño duerma en tu casa?

–Después de lo que tú has hecho, es lo mínimo. No pensabas en tu vida cuando saltaste de la moto para salvar a mi hija, así que creo que puedo confiar en ti. Te consideraré el primer cliente del hostal Rosa Salvaje.

–¿Rosa Salvaje?

–Así va a llamarse. Ni siquiera tendrás que subir escaleras. He terminado dos habitaciones en el piso de abajo, así que puedes elegir.

–Hannah, tú no sabes nada de mí.

–Eso no es del todo cierto –sonrió ella–. La señora Peterson ha encontrado tu cartera... Dice que estaba abierta y que, por casualidad, vio la placa de policía.

Él levantó una ceja.

–¿Por casualidad?

Hannah tomó la cartera, que estaba sobre la mesa.

–Y además sé que eres soltero, que tienes treinta años y mides un metro noventa.

–Me sorprende que la señora Peterson no viera «por casualidad» cuánto peso y que soy donante de órganos –dijo Seth, sarcástico.

–Pues sí, también lo hemos visto. Lo siento –murmuró ella, poniéndose colorada–. Te has convertido en una celebridad. En el *Ridgewater Gazette* quieren escribir un artículo sobre ti.

Estupendo.

Seth tuvo que disimular un suspiro. A Jarris le encantaría ver la fotografía de uno de sus policías en el periódico. Y si además contaban que le había partido la nariz a su superior y que por eso lo habían suspendido durante seis semanas, le daría un ataque.

–Nada de periódicos. Dile a ese tipo que no quiero saber nada.

–Lo intentaré. Pero tú no conoces a Billy Bishop...

–Ni quiero conocerlo –la interrumpió él, mirando la bolsa de guisantes congelados que tenía sobre el tobillo.

Aunque no quería admitirlo, le dolía como el demonio. Y no podría montar en moto en un par de días.

–¿Necesitas algo?

–Tengo que hablar con el de la grúa antes de que se vaya.

–Voy a ver si sigue aquí –dijo Hannah, levantándose–. No sabes cómo siento todo esto. Mis hijas suelen comportarse muy bien, pero a veces... en fin, ya sabes cómo son los niños cuando... bueno, voy a ver si Ned sigue ahí.

Seth se dio cuenta de que había estado a punto de decir algo, pero cambió de opinión a última hora. Sentía curiosidad, pero se dijo a sí mismo que no era asunto suyo.

A menos que alguien fuese un delincuente o estuviera siendo investigado, su regla de oro era no interferir en la vida de nadie. Si no se metía en la vida de nadie, nadie se metería en la suya, pensaba.

Pero había una cosa que quería saber. Una cosa que necesitaba saber.

–¿A tu marido no le importará que me quede a dormir aquí?

Hannah negó con la cabeza.

–Estoy divorciada.

Seth sabía que no debería importarle, pero le agradó que no tuviese marido. No le gustaba la idea de desear a una mujer casada.

–¿Y piensas abrir un hostal tú sola?

–Con mi amiga Lori, que trabajará aquí tres o cuatro días por semana. Además, la señora Peterson también me ha ofrecido su ayuda.

–¿Y un hostal en Ridgewater es un buen negocio?

–Solo hay un motel en el pueblo y por aquí pasa mucha gente.

—¿Buscando el pastel de frutas más grande del mundo?

Hannah sonrió, sin ofenderse por la cáustica broma.

—Aunque no te lo creas, el pastel de frutas gigante que hace la pastelería de Wilhelm ha colocado a Ridgewater en el mapa. La mayoría de los vecinos se lo toma muy en serio y vienen muchos turistas a verlo. Con un solo motel en el pueblo, espero poder ganar lo suficiente para mantener a mis hijas.

Alguien llamó a la puerta entonces y ella lo miró con expresión contrita.

—¿Qué pasa ahora?

—Mis vecinos se han mantenido respetuosamente fuera mientras estaba el doctor Lansky, pero ya no puedo hacer nada. Eres un héroe, Seth Granger, te guste o no. Y el pueblo de Ridgewater, Texas, cuna del pastel de frutas más grande del mundo, quiere darte la bienvenida.

# Capítulo Tres

Hannah mantuvo las distancias durante el resto de la tarde. Pero no habría podido acercarse a Seth aunque quisiera.

Los teléfonos de Ridgewater estaban echando chispas desde que Seth Granger rescató a su hija Maddie y los vecinos querían conocer al misterioso policía.

Y aunque Hannah no lo aprobaba, Maddie y Missy hacían de anfitrionas, recibiendo tantas atenciones como él y sonriendo de oreja a oreja cuando las felicitaban por lo valientes que habían sido.

Las mellizas contaban el incidente a todo el mundo, embelleciéndolo cada vez más hasta convertir a Seth en un superhéroe.

Lo único que le faltaba era una capa roja y una S bordada en el pecho.

Mientras Maddie y Missy le contaban la historia a Helen Myers, camarera del restaurante del pueblo, Hannah se quedó en la puerta de la cocina observando a Billy Bishop intentando sacarle información a su invitado.

Aunque intentaba ser amable con todos los que habían ido para ver un héroe de carne y hueso, Seth no contestaba a ninguna de sus preguntas.

Seguía en el sofá, con la pierna extendida como si fuera un héroe de guerra... aunque con expresión más irritada. Billy insistía en saber por qué se había tirado de la moto arriesgando su vida para salvar la de Maddie, pero no recibía contestación.

Le gustase o no, y claramente no le gustaba, Seth Granger era noticia en Ridgewater. Y a menos que pusiera una alambrada de espino y guardaespaldas en la puerta, sería imposible evitar a los curiosos.

Al menos habían ido preparados, pensó, mirando la mesa del comedor. Los vecinos habían llevado varias ensaladas, dos tartas de manzana y un pastel de frutas.

—Yo lo he visto todo —estaba diciendo la señora Peterson—. Ha sido asombroso.

—Deberíamos darle un trofeo —dijo la señora Hinkle, la bibliotecaria de Ridgewater.

—Por favor, Mildred —suspiró la señora Peterson levantando los ojos al cielo—. No ha ganado una competición, ha salvado la vida de una niña.

—Pues entonces, una medalla. O una placa.

—Yo te diré lo que me gustaría darle.

Sorprendida, Hannah se volvió al oír la voz de su mejor amiga, Lori Simpson, que estaba comiéndose a Seth con los ojos.

—Lori, qué vergüenza. Eres una mujer casada y madre de tres hijos.

–¿Qué? –replicó la pelirroja de ojos verdes–. Iba a decir un pastel de nata.

–¿Un pastel de nata?

–Eso es. Y después de echarle la nata por todo el cuerpo, empezaría a chuparla y...

–¡Por favor! –exclamó Hannah, poniéndose colorada. De hecho, sentía calor por todo el cuerpo ante las imágenes que aquellas palabras habían conjurado–. Tienes un marido guapísimo que te adora. ¿Cómo puedes decir eso?

–Estoy de broma, tonta –dijo Lori, sin dejar de mirar a Seth–. Más o menos. No creerás que pienso hacer algo así, ¿no? Excepto con John, claro. Ese hombre es absolutamente increíble en la cama. La semana pasada...

–¡Lori! –gritó Hannah, tapándole la boca.

Lo último que deseaba oír eran las aventuras sexuales de su amiga. No quería saber nada de las aventuras sexuales de nadie. Su vida sexual era inexistente y lo mejor sería no hablar del tema.

–¿Qué he dicho?

–¿Dónde está John?

–En casa, con los niños. A Nickie, la reina del escenario, le han quemado una verruguita que tenía en el dedo y anda por ahí como si se lo hubieran amputado –contestó Lori, tomando una galleta–. Mi amante marido se ha quedado en casa para que yo pudiese conocer al hombre que ha salvado la vida de mi ahijada. Así que dame los detalles. Cuéntale a la tía Lori qué ha pasado.

Lori no era oficialmente la tía de Maddie y Missy, pero había sido su amiga en los momentos más difíciles, sobre todo después de su divorcio. Y no habría logrado salir adelante sin su amistad.

–Más tarde –suspiró Hannah–. Ha sido un día muy largo.

Lori le pasó un brazo por los hombros.

–Conociendo a la gente de este pueblo, supongo que el relato será muy exagerado, ¿no?

–No lo creas. Yo estaba hablando con mi tía Martha por teléfono y, de repente, las niñas... –Hannah no pudo terminar la frase. Pero lo último que quería era llorar delante de todo el mundo.

–Hablaremos más tarde, con una copa de vino y una caja de pañuelos en la mano, ¿eh? –sonrió su amiga.

Hannah había repetido la escena en su mente cientos de veces durante las últimas horas. Seth tirándose de la moto para rescatar a Maddie, dándole a la asustada niña, la rama que se rompía...

Entonces lo miró y, de nuevo, su corazón dio un vuelco. Y aquella vez él estaba mirándola.

Se quedó paralizada. Incapaz de hacer nada excepto mirarlo.

Sentía los latidos de su corazón, oía las conversaciones a su alrededor, pero no podía moverse. Nunca le había ocurrido nada parecido. Se sentía desnuda ante los ojos del hombre, pero no le importaba.

Llevaba nerviosa toda la tarde. Después de lo que había pasado era comprensible, claro.

Pero era algo más que eso.

Mucho más.

Esa idea la asustó. No quería sentirse atraída por aquel hombre. No quería sentirse atraída por ningún hombre.

Era guapo, por supuesto, aunque de aspecto duro. Pero eso solo incrementaba su atractivo. La sombra de barba en el mentón cuadrado, el pelo largo, los vaqueros gastados sobre un par de piernas largas y musculosas... Se había puesto una camiseta nueva, también negra, y Hannah se dio cuenta de lo bien que le quedaba aquel color. Todo en aquel hombre era oscuro y peligroso. Y con la venda en la frente, bordeaba lo amenazador.

Irradiaba sexo. La hacía pensar en cosas que no quería pensar, cosas que nunca antes la habían interesado: las manos de un hombre, susurros en la oscuridad, cuerpos sudorosos y sábanas arrugadas...

Como si hubiera leído sus pensamientos, Seth le guiñó un ojo.

¿Y le había pedido a aquel hombre que durmiera en su casa? Cuando las niñas estuvieran en el colegio, se quedarían solos.

Hannah no solía beber, pero de repente necesitaba una copa.

—Si sigues mirándolo así, la habitación va a incendiarse por combustión espontánea —rio Lori.

—Qué tonterías dices.

—Sí, sí —sonrió su amiga—. Supongo que estaba imaginando esa mirada de «me gustaría arrancarte la ropa y tirarme encima de ti».

–¡Lori Simpson! –exclamó Hannah–. ¿Alguna vez piensas en algo que no sea sexo?

–No.

–Por favor, de verdad... Ha sido una pregunta muy tonta. Déjalo.

Maddie y Missy vieron a Lori en ese momento y salieron corriendo hacia ella. Mientras le contaban la tragedia, Hannah entró en la cocina para hacer más café. Necesitaba unos momentos de soledad para tranquilizarse.

Para alejarse de Seth.

Todo volvería a la normalidad por la mañana. Haría madalenas para el restaurante y las dejaría allí antes de llevar a las niñas al colegio. Luego pasaría por la oficina de Tom Wheeler para meter datos en el ordenador durante una hora y después repararía las grietas del techo de la habitación de arriba. Cuando Maddie y Missy volviesen del colegio, haría los deberes con ellas, las bañaría, les daría la cena y les leería un cuento como todas las noches. Y cuando estuviesen en la cama, cosería los cojines que le había encargado Lyn Gross.

Como si tuviera tiempo para pensar en guapos extraños y en sus desordenadas hormonas... Hannah se rio de sí misma mientras echaba agua en la cafetera.

Además, tenía una casa muy grande. Estaría trabajando arriba y Seth, abajo. Ni siquiera tendría que verlo.

No tenía ni ganas ni tiempo que perder con Seth Granger. Unos días después se marcharía y la vida volvería a ser normal... aunque la palabra normal no describía exactamente su vida.

Pero cuando abriese el hostal tendría todo lo que siempre había querido: su propio negocio, seguridad económica para Maddie y Missy y, después de comprarle a su tía Martha su parte de la casa, una independencia que no había tenido nunca.

No quería nada más en la vida. Le iba estupendamente bien sin un hombre. En el futuro, quizá conocería a alguien. Un hombre que quisiera raíces, un hogar, una familia. Un hombre que volviera a casa antes de medianoche. Y que no oliese a otro perfume de mujer.

Por el momento, solo necesitaba a Maddie y Missy. Seth Granger podía ser una diversión temporal, pero nada más.

Hannah abrió la nevera para sacar la leche y vio un bote de nata líquida que alguien había llevado...

«Echarle la nata por todo el cuerpo y chuparla...».

Nerviosa, cerró la puerta de la nevera de golpe, con el corazón acelerado.

De repente, la casa no le parecía lo suficientemente grande. Y un par de días le parecían una eternidad.

\* \* \*

El aroma a canela despertó a Seth durante la noche. No sabía muy bien dónde estaba, pero esa era una sensación familiar. Más de una vez se había despertado en un sitio extraño. En su trabajo, nunca se estaba seguro de dónde iba uno a dormir. Un coche, el banco de un parque, incluso un callejón con varios mendigos que vivían en cajas de cartón y tiendas hechas de mantas. Iba donde lo llevaba el trabajo y pasaba más tiempo en la calle que en su casa.

Pereo el olor a canela y... ¿qué más? Manzanas. El olor a canela y manzana era nuevo para él y pensó que estaba soñando, quizá recordando su infancia. Antes del accidente. Antes de que su vida cambiase dramáticamente.

Pero no estaba soñando. El olor era muy real, tan real como la cama en la que estaba tumbado. Un colchón firme cubierto por sábanas suaves, almohadas de plumas y un grueso edredón.

Seth miró el despertador que había sobre la mesilla. Las cinco de la mañana. Confuso, intentó moverse y sintió un terrible dolor en la pierna izquierda.

Entonces recordó dónde estaba.

Ridgewater, Texas.

La cuna del pastel de frutas más grande del mundo.

Apretando los dientes, se sentó en la cama y encendió la lamparita. La habitación era grande, con techos altos, cortinas de flores y suelos de madera.

Seth se pasó una mano por el pelo. Le dolía un poco el cuello y la cabeza, pero aparte del tobillo hinchado, se encontraba bastante bien.

Tan bien como podía encontrarse un hombre perdido en medio de ninguna parte durante no sabía cuánto tiempo.

Después de la noche anterior, contaba los minutos para marcharse de Ridgewater. Debería agradecer las atenciones de toda aquella gente, pero no era así. No había hecho nada que no hubiera hecho cualquier persona decente y no se merecía tantos halagos.

Especialmente por parte de Billy Bishop, el reportero del periódico local.

Billy era un pesado. Quería saber todos los detalles de su vida, su trabajo, su pasado, incluso sus aficiones. Aunque tuviera aficiones, que no las tenía, ¿a quién le importaba? De modo que apenas contestó a sus preguntas. Cuanto menos le dijera, más corto sería el artículo.

Con cuidado para no apoyar el pie izquierdo, se puso un chándal gris y salió de la habitación. Le sorprendió ver a Hannah en la cocina llenando unos moldes con un líquido de color crema. Tenía el pelo sujeto con una goma, pero los rebeldes rizos se escapaban por todas partes. Llevaba una bata azul cielo y unas zapatillas rosas y estaba canturreando...

¿Una canción de Bruce Springsteen?

Sonriendo, Seth se apoyó en el quicio de la puerta.

Cuando los vecinos se marcharon, ella lo había acompañado a su habitación y desapareció inmediatamente, sin mirarlo a los ojos.

Seguramente la ponía nerviosa que estuviera en su casa. Al fin y al cabo, era un completo extraño y lo único que sabía de él, además del informe estadístico del permiso de conducir, era que trabajaba en el departamento de policía de Albuquerque.

Pero antes, cuando estaba hablando con su amiga, sus ojos se encontraron. Había sido algo muy poderoso y tampoco él pudo apartar la mirada.

No era la primera vez que deseaba a una mujer. Todo lo contrario, ese era territorio familiar. Lo que no era familiar era la intensidad de ese deseo. Y lo intrigaba.

Ella lo intrigaba. Una mujer guapa, divorciada y madre de dos hijas, a punto de ser propietaria de un hostal.

El día anterior mantuvo la compostura cuando muchas otras mujeres se habrían puesto histéricas al ver a su hija en peligro. Después, cuidó de él, abrió la puerta para los vecinos y preparó café para todos mientras se quedaba en un segundo plano.

Hannah dejó de cantar la canción de Bruce Springsteen para cantar una de Ricky Martin y Seth deslizó la mirada hasta su precioso trasero, que movía con el ritmo latino.

Su cuerpo reaccionó de forma inmediata. Y eso que él nunca nunca había sido fan de Ricky Martin.

Debía anunciar su presencia en lugar de estar allí mirándola como un viejo verde, se dijo. Pero no podía evitarlo. Con aquella bata, moviendo el trasero de esa forma... era demasiado sexy. Cuando empezó a mover las caderas, Seth se quedó sin respiración.

Aquella mujer lo estaba volviendo loco.

Seguramente la caída lo había afectado pero, fuera lo que fuera, sus hormonas estaban muy despiertas. Y parecía como si toda la sangre de sus venas hubiera hecho un viaje hacia el sur.

Recordaba el suave roce de su piel cuando cayeron al suelo, cómo lo había mirado por la noche... Sin duda había química entre los dos.

La pregunta era, ¿debía hacer algo al respecto?

Nunca antes se había preguntado eso. Cuando deseaba a una mujer y ella lo deseaba también, todo era muy sencillo. Pasaba lo que tenía que pasar.

Pero con Hannah Michaels no era sencillo. Seth sabía que solo estaba allí de paso y lo último que debía hacer era meterse en la cama con ella.

Entonces Hannah volvió a mover el trasero y él sintió como si lo hubieran golpeado en el pecho. Si no paraba, seguramente acabaría haciendo alguna tontería.

—Buenos días.

Ella se volvió, mirándolo con cara de susto.

Tenía la bata abierta y podía ver el camisón

rosa que llevaba debajo. Al mirar sus pechos, sin sujetador, volvió a sentir un golpe en el bajo vientre.

Incluso las zapatillas de color rosa le parecían sexys, una indicación evidente de que no pensaba con claridad. Se imaginaba a sí mismo quitándole las zapatillas, acariciando sus piernas, metiendo las manos por debajo del camisón para tocar las braguitas...

–Buenos días, Seth –dijo ella por fin, abrochándose la bata–. Espero no haberte despertado.

Pero lo había despertado. Desde luego que lo había despertado.

–Ha sido el olor de la canela.

–No deberías apoyar el pie –murmuró Hannah, tomándolo por la cintura para llevarlo hacia la silla.

–Estoy bien –protestó él.

Pero dejó que lo ayudase. No porque le hiciera falta, sino porque le gustaba sentir el roce de sus pechos, su olor a canela y a manzana. Tuvo que hacer un esfuerzo para no sentarla sobre sus rodillas y...

Cuando Hannah se agachó para poner un cojín bajo su pierna no se dio cuenta de que tenía la bata abierta y Seth pudo ver el nacimiento de sus pechos.

–¿Qué tal te sientes?

–Bien, gracias –contestó él, con los dientes apretados–. Sigue haciendo lo que estuvieras haciendo.

«Rápidamente», pensó. «Antes de que te demuestre lo bien que estoy».

El temporizador del horno sonó en ese momento y Hannah se acercó para sacar una bandeja.

–¿Van a venir más vecinos a desayunar? –preguntó Seth, incrédulo.

–No, hombre. Hago madalenas para el restaurante del pueblo. ¿Te gustan de plátano, de mora o de manzana?

Seth vio entonces que había varias bandejas sobre la repisa. ¿A qué hora se levantaba para hacer todo eso? Debía haber más de siete bandejas...

–De manzana.

La madalena que puso delante de él estaba todavía caliente. Cuando la abrió, un delicioso aroma a canela y manzana llegó a su nariz.

Y cuando la probó tuvo que cerrar los ojos.

–¿Te gusta?

–¿Que si me gusta? Creo que es la mejor madalena que he comido en toda mi vida.

–Gracias –sonrió Hannah.

Aquella expresión de alegría aumentó su hambre. Un hambre que no tenía nada que ver con la comida y sí con el deseo y la excitación. A las cinco de la madrugada.

–Voy a... hacer café –murmuró ella dándose la vuelta. Pero no antes de que Seth viera un sospechoso brillo en sus ojos.

Deseo.

No lo había imaginado. Hannah lo deseaba

tanto como él. La miró entonces y descubrió que le temblaban un poco las manos mientras sacaba el paquete de café.

Eran dos adultos yendo en direcciones diferentes y con vidas muy diferentes, pero ambos sabían lo que querían. Si terminaban en la cama, no le harían daño a nadie.

Sin embargo, la tensión que había entre ellos lo ponía nervioso. Había cosas sobre las que no le gustaba estar inseguro. Por ejemplo, encontrarse con un chivato en un callejón, entrar sin refuerzos donde había algún sospechoso, sentarse de espaldas a una ventana... No le gustaban las sombras, los sitios donde alguien podía esconderse.

Y Hannah era como una sombra para él. Una sombra muy sexy, pero una sombra al fin y al cabo. Lo ponía nervioso. Él necesitaba controlarlo todo en su vida, en su trabajo y, desde luego, en sus relaciones.

Suspirando, volvió a mirar la madalena. Se recordó a sí mismo que debía ir a Wolf River, que tenía una familia esperándolo. Era en eso en lo que debía concentrarse. En lo que quería concentrarse.

En cuanto reparasen la moto, volvería a tomar la carretera y la preciosa Hannah Michaels no sería más que un agradable recuerdo.

# Capítulo Cuatro

–Tres docenas de madalenas de mora, dos de plátano, cuatro de manzana –Phoebe Harmon firmó el cheque y se lo entregó con una sonrisa–. ¿Podrías hacer seis docenas más para mañana? La Cámara de Comercio tiene una reunión en el instituto.

–Sí, claro –sonrió Hannah–. Tendré que levantarme una hora antes, pero me viene bien algo de dinero extra. ¿De qué sabor, de manzana?

–De lo que tú quieras.

Phoebe, una rubia platino de cincuenta años, era la propietaria del único restaurante de Ridgewater. Era una cocinera estupenda, pero no le gustaba la pastelería. Todos los postres que servían en Duke's eran hechos por otras personas del pueblo. Shirley Gordon hacía los pasteles y las galletas, Hannah las madalenas.

–Me han dicho que ayer te dieron un buen susto. ¿Cómo están las niñas? –preguntó Phoebe.

–Bien –contestó ella, mirando el reloj–. Y llegarán tarde al colegio si no me marcho ahora mismo.

–Venga, mujer. Cuéntame los detalles. ¿De verdad se ha quedado en tu casa?

Hannah suspiró. Sabía que, tarde o temprano, todo el mundo se enteraría de que Seth estaba en su casa, pero esperaba que el rumor hubiese tardado un poco más de doce horas.

–Solo unos días. Hasta que se cure el tobillo y su moto esté arreglada.

–¿Está casado?

–No.

–¿Prometido?

–No que yo sepa.

–¿Tiene menos de cincuenta años? –preguntó Phoebe entonces, apoyando los codos en el mostrador.

–Sí –contestó Hannah–. ¿Y sabes una cosa?

–¿Qué?

–Creo que tiene todos los dientes.

–No te rías. Tú eres una mujer de negocios y como mujer de negocios debes aprovechar todas las oportunidades. ¿No quieres un hombre que te caliente la cama y sea un padre para tus hijas?

–Tengo una manta eléctrica, muchas gracias. Y las niñas están perfectamente.

–Ya, ya. Eres una chica joven y ya es hora de que busques un marido –sonrió Phoebe, levantando las cejas–. O, al menos, de que te diviertas un poco.

Hannah se puso colorada. Por si no tenía suficiente con Lori, Phoebe también se apuntaba al carro. Si no se espabilaba, formarían un comité para discutir semanalmente la vida sexual de la pobre Hannah Michaels.

O, más bien, la falta de vida sexual.

–Dime cómo es, cielo. Por lo que he oído, es más sexy que el pecado.

Sexo y pecado. Dos palabras muy apropiadas para describir a Seth Granger. Podía verlo en la cocina, con el chándal, sin afeitar, despeinado... Solo recordar aquella imagen hacía que su pulso se acelerase.

¿Había estado observándola?, se preguntó. Siempre le había gustado escuchar música mientras trabajaba, pero pensar que podría haberla visto bailoteando hizo que se pusiera aún más colorada.

¿Cómo iba a suponer que se levantaría tan temprano? Debía haberle parecido una cría con aquella bata y las zapatillas rosas. Hannah Michaels, mujer fatal.

Seguro.

Pero daba igual lo que pensara. ¿Por qué iba a importarle? No iba a pasar nada entre ellos. Solo porque se hubiera fijado en su torso y en sus bíceps, solo porque hubiera fantaseado un poco cuando se fue a la cama... eso no significaba que fuera a acostarse con él, por Dios bendito.

Sencillamente, había dejado que durmiera en su casa porque era lo más natural después de lo que pasó.

Desde luego, había cierta química entre ellos... quizá mucha química, pero tenía que

43

pensar en Maddie y Missy, además de otras muchas cosas, como hacer madalenas y arreglar su casa. Tenía que concentrarse, controlar sus pensamientos. Pensar en Seth Granger la dejaba confusa y violenta.

–Estoy esperando –dijo Phoebe entonces–. Venga, Hannah. Eres una chica guapa, él es un tipo guapo, los dos durmiendo bajo el mismo techo... Al menos te habrá puesto un poquito nerviosa, ¿no?

–Soy muy capaz de controlar mis apetitos carnales –replicó ella.

–Pues eso no tiene ninguna gracia. Venga, cuéntame algo. Dime que, al menos, ha tonteado contigo.

–Pues no.

La desilusión que vio en el rostro de Phoebe casi la hizo reír. ¿Qué le costaba alegrarle el día?

Hannah miró por encima del hombro y después se inclinó hacia el mostrador..

–Pero te diré una cosa... siempre que me prometas no contársela a nadie.

Phoebe se pasó un dedo por los labios, como si estuviera cerrando una cremallera.

–Le gustan mucho mis... madalenas de manzana.

–Hannah Michaels, todavía puedo darte una azotaina. Fui al instituto con tu madre, por si no te acuerdas.

Riendo, Hannah se despidió. Estaba segura de que Phoebe se inventaría una historia mucho más jugosa.

Y, sin duda, al día siguiente habría un pedido doble de madalenas en el restaurante.

Seth intentó entretenerse con la televisión cuando Hannah se marchó con las niñas a las ocho de la mañana, pero además de fútbol y alguna otra película con muchas explosiones, él nunca había estado muy interesado en la televisión. Trabajaba tantas horas que, generalmente, no estaba en casa más que para dormir.

Había oído a Hannah volver poco después de las nueve, pero decidió quedarse en la habitación para no molestar. Llevaba tres horas cambiando de canal y había visto trozos de varios programas y un episodio entero de *Friends*.

Saturado, apagó la televisión y llamó por el móvil al taller donde estaban reparando su moto. Un mensaje decía que no abrían hasta las doce.

¿A las doce? ¿Qué clase de negocio no abría hasta las doce?

Irritado, se mordió la lengua y dejó un mensaje con el número de su móvil. Sabía que los pueblos pequeños se movían a otro ritmo, pero aquello era ridículo.

Se quedó mirando el papel pintado de rayas durante unos minutos y luego decidió que estaba harto. Apretando los dientes, se puso unos vaqueros, guardó el móvil en el bolsillo y salió de la habitación.

El olor a cera le dijo que Hannah había estado limpiando. Oía música en el piso de arriba, pero pensó que lo mejor sería no apoyar demasiado el pie. En lugar de hacerlo, encontró una novela de John Grisham y se dejó caer en el sofá. Unos minutos después, se dio cuenta de que había leído la página seis diez veces y cerró el libro.

Estar sin hacer nada mientras Hannah daba vueltas por la casa lo ponía nervioso.

Oyó entonces el sonido de una lijadora y miró de nuevo hacia la escalera. Pero no pensaba subir. Si la veía moviendo el trasero otra vez, perdería la cabeza por completo.

El aire fresco lo haría olvidarse de Hannah Michaels, pensó. Sí, eso era. Aire fresco y una botella de whisky.

Hannah tenía muchas plantas en el porche. Y la puerta estaba pintada de azul, en contraste con las paredes blancas. Muy bonita, como su propietaria.

Lo que no era tan bonito era la rama rota del árbol, ni la valla que atravesó con la moto. Lo mínimo que podía hacer era reparar el daño, pensó.

Sujetándose a la barandilla del porche, Seth bajó los escalones a saltitos y empezó a amontonar trozos de madera. Le dolía el pie, pero prefería hacer algo a estar de brazos cruzados.

−¿Qué crees que estás haciendo?

Sorprendido, se volvió al oír la voz de Hannah.

Estaba guapísima, pensó. Llevaba el pelo sujeto en una trenza y la blusa blanca sin mangas

46

mostraba unos brazos delgados, pero fuertes. Unos brazos que cruzó sobre el pecho para mostrar claramente su enfado. Aunque hubiera deseado admirar sus atributos femeninos, Seth decidió concentrarse en su cara.

–Estoy intentando reparar la valla.

–El médico te dijo que no apoyases el pie. Amontonar madera no me parece muy buena idea con un esguince en el tobillo.

–Necesitaba un poco de aire fresco –replicó él–. Y llevo descansando toda la mañana. Si empieza a dolerme el tobillo, volveré a la cama.

–Deberías haberme llamado.

–Estoy bien, Hannah. Estoy perfectamente –insistió Seth.

Para probarlo, apoyó el pie firmemente en el suelo y...

Se dobló como una hoja seca.

Por segunda vez en dos días, se encontró tumbado en el suelo mirando el cielo azul. Aquella vez, sin embargo, había estrellas en el cielo. Como si el dolor y la vergüenza no fueran suficientes, un coche que pasaba por la calle en ese momento se detuvo.

–¿Necesitas ayuda? –preguntó un hombre.

Hannah levantó una mano.

–No, gracias, señor Langdon. El señor Granger solo está descansando un momento.

Seth contó hasta diez para no decir una palabrota.

Ella se despidió del vecino, pero no hizo movimiento alguno para ayudarlo.

–¿Siempre eres tan difícil?

–En absoluto –contestó Seth–. Normalmente, soy mucho peor. Me has pillado en un buen día.

–Qué suerte tengo –sonrió Hannah–. ¿Vas a comportarte o tendré que llamar a los refuerzos?

–¿Qué refuerzos?

–Para empezar, podría llamar al médico para que te echase una bronca. O invitar a Billy Bishop, diciéndole que tienes una exclusiva para él. O decirle a la señora Schwartz que estás aburrido y necesitas charlar con alguien...

–Muy bien, muy bien. Tú ganas –suspiró él–. Me comportaré. ¿Siempre eres tan dura?

–No, qué va. Me has pillado en un buen día.

A pesar de todo, Seth tuvo que sonreír. Sin embargo, cuando tomó su mano para ayudarlo, volvió a imaginar... cosas que no debía imaginar.

Otro coche pasó frente a la casa entonces y cuando tocó el claxon las eróticas imágenes desaparecieron. Casi había olvidado que estaban en el jardín, en medio de la calle.

Seth dejó que lo llevase de vuelta a la casa e incluso dejó que lo ayudase a sentarse en el sofá.

–¿Un bocadillo de jamón y queso?

–Por favor, que no estoy tullido. Puedo hacerlo solo.

Hannah levantó una ceja en señal de protesta. Y luego tomó el teléfono.

–¿Puede ponerme con Billy Bishop, por favor?

–¡Cuelga ahora mismo!

–Hola, Billy, soy Hannah Michaels. Seth Granger me ha preguntado si podrías venir...

Él alargó la mano para quitarle el teléfono, pero Hannah se dio la vuelta. De modo que Seth se vio obligado a tomarla por la cintura y sentarla encima de sus rodillas.

–Quiere una entrevista, sí –siguió ella, apartando la cara para que no le quitase el teléfono–. Sí, claro, para contarte todos los detalles de la vida de un policía en Albuquerque y...

Seth consiguió arrebatarle el teléfono.

–Billy, Hannah no lo ha dicho en serio...

Entonces se dio cuenta de que no estaba hablando con nadie. Ella estaba sonriendo de oreja a oreja, como una niña mala. Como una niña mala y preciosa.

Debería soltarla, se dijo. Sabía que debería hacerlo.

Pero no lo hizo.

–Muy graciosa, señora Michaels. Debería detenerla por esa bromita.

–¿Detenerme? ¿Con qué cargos?

–Interferir con un oficial de policía durante... la comisión de un delito.

–¿Qué delito? –preguntó Hannah.

«Ser demasiado sexy», pensó él.

–Ayudar al enemigo.

–Billy Bishop no es el enemigo. Es un periodista.

–Da igual.

Ella soltó una carcajada. La idea de que el tímido Billy Bishop fuera el enemigo de nadie era absurda. Iba a decírselo, pero cuando lo miró a los ojos olvidó por completo lo que iba a decir, olvidó a Billy y lo olvidó todo. Seth la miraba de tal forma que apenas podía recordar su propio nombre.

En aquella postura, casi debajo de él, el calor de su cuerpo la quemaba, la excitaba como nadie la había excitado nunca.

Aquello era una locura. Estar tumbada en el sofá con un hombre al que apenas conocía era una locura. Ella no hacía esas cosas. Tenía responsabilidades, hijas. Imaginaba lo que Thelma Goodman, su vecina, diría si pudiese verla en aquel momento.

Hannah sabía que si ponía la mano sobre su pecho o simplemente le decía que se apartase, lo haría. Sabía que aquello terminaría tan rápido como había empezado.

Pero no podía evitarlo, no parecía capaz de evitar lo que estaba ocurriendo.

No quería que parase.

Era maravilloso. Se sentía maravillosa, se sentía una mujer. Durante unos minutos, ¿no podía aparentar que era como cualquier otra? ¿Cuánto tiempo había pasado desde la última vez que tonteó con un hombre? Demasiado.

Se dijo a sí misma que no estaba en peligro con Seth, que podía controlar la situación. Solo estaban jugando. No pasaba nada, ni pasaría nada que ninguno de los dos se tomase en serio.

–Si piensa detenerme, capitán Granger...

–Sargento Granger.

–Si piensa detenerme, sargento, creo que debería leerme mis derechos –dijo Hannah entonces con voz ronca.

–Tiene derecho a permanecer en silencio –murmuró él, tomándola por la cintura–. Si no quiere acogerse a ese derecho, cualquier cosa que diga podrá ser usada en su contra –añadió entonces, sujetando sus brazos con una mano–. Si quiere solicitar los servicios de un abogado...

Seth inclinó la cabeza lentamente para buscar sus labios. No la besó, apenas la rozaba. Pero la caricia era más sensual que un beso. Entonces mordió su labio inferior... «¡Bésame!», le habría gustado gritar. Pero no se atrevía.

Seguía acariciando sus labios sin besarla del todo y las sensaciones parecían envolverla, haciéndola perder la cabeza. El sonido ronco de su respiración, el roce de su barba...

Por fin, afortunadamente, entreabrió sus labios con la lengua. Sabía a algo muy masculino, muy excitante. Su cuerpo estaba encendido, sus pechos hinchados. Deseaba que la tocase...

Imposible, pensó. Aquello no podía estar pasando. Estaba segura de que aquello no era real. Pero no quería despertar. Si de verdad era un sueño, quería seguir dormida, quería saber, quería sentir lo que estaba pasando.

Con las manos del hombre sujetando sus muñecas y su cuerpo apretándola contra el sofá, se entregó por completo a aquel beso, contestando cada gemido, cada suspiro. Y se sintió más viva que nunca.

Seth no podía pensar. Por el momento, lo único que parecía capaz de hacer era besar a Hannah, tocarla. La atracción existió desde el primer momento, de modo que no lo sorprendía. Lo que lo sorprendía era la intensidad, el ansia abrumadadora de hacerla suya.

El cuerpo de Hannah bajo el suyo hacía que le hirviera la sangre y sus gemidos lo volvían loco. Se había dicho a sí mismo que debía mantener las distancias porque sabía que ocurriría algo así.

Con las mejillas rojas, los labios húmedos y un poco hinchados, era irresistible. Y cuando abrió los ojos vio deseo en ellos, el mismo que sentía él.

Entonces, ¿cuál era el problema? Los dos sabían qué pasaba en un dormitorio entre un hombre y una mujer. Solo sería sexo entre dos adultos.

—¿Seth?

Él volvió a inclinar la cabeza. Ningún problema. La deseaba y Hannah lo deseaba también. No tenía que pensar nada más.

Ella se arqueó un poco para buscarlo...

El sonido de un timbre llegó de alguna parte.

Maldición.

Suspirando, Seth se apartó para que Hannah contestase al teléfono.

No sabía si darle las gracias a quien estuviera llamando o estrangularlo.

—¿Dígame? —dijo ella, pasándose una mano por el pelo—. Lo siento, tía Martha. No, claro que no te colgué a propósito ayer. Se cortó la comunicación y tenía muchas cosas que hacer. Iba a llamarte ahora mismo...

Seth levantó una ceja. Hannah lo miró con expresión culpable, pero después se volvió de nuevo hacia el teléfono.

—Tienes razón, tía Martha. Debería haberte llamado antes, lo sé. Sí, claro, es que he estado... muy ocupada. Perdona, tía Martha. No te enfades.

Seth decidió que no le gustaba nada esa tía Martha. Podía oír su voz desde donde estaba sentado. Una voz de pito, aguda y desagradable.

Hannah pulsó el botón de pausa.

—Lo siento. Es mi tía de Boston y... sí, sí, tía, estoy aquí. Lo siento. Creo que mi teléfono está mal... Sí, sí, las niñas estupendamente...

Evidentemente, la tía Martha no sabía nada del accidente ni sobre su invitado. Y ella no quería contárselo.

Se preguntó por qué y después se dijo que no era asunto suyo. Hannah no le debía ninguna explicación como tampoco se la debía él.

Pero era una mujer muy tentadora. Podía

sentir todavía el sabor de sus labios, el calor de su piel... La deseaba, eso estaba claro. Pero después de lo que había pasado, lo mejor sería dejar las cosas como estaban. Lo último que deseaba era hacerle daño.

Podía oírla en la cocina hablando con su tía. No podía entender las palabras, pero sí el tono conciliador.

Aunque no era asunto suyo, se dijo.

Suspirando, tomó el libro de nuevo e intentó concentrarse en la lectura para olvidar a la tentadora Hannah Michaels.

# Capítulo Cinco

Hannah tardó unas horas en recuperar el control. Se sintió aliviada al ver que Seth había vuelto a la habitación cuando terminó de hablar con su tía... corrección, de escuchar a su tía, que le dio una charla sobre su vida y sobre cómo Melissa y Madeline nunca aprenderían buenas maneras si su propia madre no era capaz de comportarse correctamente.

No la escuchaba en realidad, pero sabía cuándo decir: «sí, tía Martha», «no, tía Martha». O la frase favorita de su tía: «tienes razón, tía Martha».

No le contó lo que había pasado con Maddie ni que Seth estaba alojado en su casa. Si lo hubiera hecho, le habría dado una apoplegía. A saber lo que haría si supiera que tenía un hombre durmiendo en casa. Su tía era rica, exigente y muy puritana.

Pero, además de Maddie y Missy, Martha era el único pariente que le quedaba. Y a pesar de todo, la quería. Y tía Martha solo deseaba lo mejor para ella y para las niñas. El problema era que la idea de su tía sobre lo que era mejor para ellas no tenía nada que ver con la suya.

Hannah no podía ni imaginar lo que diría si supiera lo que estaba haciendo antes de contestar al teléfono: besar apasionada, locamente a un hombre que era prácticamente un extraño.

Incluso ella misma no sabía muy bien qué pensar sobre su... encuentro con Seth Granger. Pero sentía un escalofrío cada vez que lo recordaba.

No había sido nada importante, pensó, mientras metía las toallas en la lavadora. Seth solo estaba de broma. Solo fue un beso, nada más. Era normal que un hombre y una mujer se sintieran atraídos el uno por el otro.

Pero había pasado tanto tiempo desde la última vez que un hombre la tocó... mucho más desde la última vez que ella deseó que alguien lo hiciera.

Hannah echó el detergente en la lavadora. No habría pasado de allí, se dijo. Ella misma lo habría detenido si...

«Mentirosa».

–Claro que lo habría detenido –murmuró, indignada.

«Hannah Louise Michaels, eres una mentirosa», insistió su subconsciente. «Querías que te tocase».

Apretando los labios, Hannah abrió la secadora. La ropa estaba seca y calentita. Sacó entonces la camiseta negra de Seth, la que llevaba el día anterior.

De acuerdo, quizá había querido que la tocase. Incluso admitía que sintió calor entre las piernas. Quizá quería que también la tocase allí. Pero querer que pase algo no era lo mismo que dejar que pasara.

No había nada malo en una pequeña fantasía, se dijo a sí misma mientras doblaba la ropa seca. Absolutamente nada.

Entonces recordó el roce de sus labios, la sensación de su lengua, el peso de su cuerpo...

El olor a suavizante debía ser afrodisíaco. Parecía como si sus sentidos estuvieran más alerta desde aquel beso. Fuera, oía a Maddie y Missy saltando a la cuerda en el jardín y los ladridos de Beau mientras las vigilaba. Incluso cuando volvía del colegio aquella tarde parecía notar cosas que no había notado en mucho tiempo: en el buzón de Bonnie Thurston estaba creciendo musgo, por ejemplo. La avenida Lubao estaba recién pavimentada, Henry Wilcox, el conserje del colegio, se había dejado bigote...

Entonces sacó los vaqueros de Seth de la secadora y vio que estaban gastados en las rodillas y el trasero. Había pasado mucho tiempo desde la última vez que lavó ropa de hombre y le parecía algo extrañamente íntimo.

–No tienes que lavar mi ropa.

Hannah dio un salto al oír su voz. Aquel hombre aparecía cuando una menos lo esperaba.

–Pongo la lavadora casi todos los días. No pasa nada. Si quieres, te coseré la camiseta esta noche...

–No hace falta.

–Lo sé, pero quiero hacerlo.

–No tienes que hacerlo. Ya has hecho demasiado por mí.

Ella se quedó inmóvil. Estaba segura de que no se refería al beso y, sin embargo, eso fue lo que acudió a su mente.

–Lo siento –dijo, dándose la vuelta–. No quiero ser pesada.

De todas las palabras que podrían describirla, «pesada» no era desde luego una de ellas. Pero se había ruborizado y Seth no sabía por qué. Era asombroso que una mujer con dos hijas pudiera ruborizarse tanto como ella.

Incluso cuando se besaron, le pareció que lo hacía de una forma inocente. No exactamente casta, pero tampoco experimentada.

–Hannah, tenemos que hablar sobre lo que ha pasado esta mañana.

–Muy bien.

Seth se pasó una mano por el pelo.

–Mira, seguramente se nos ha escapado de las manos. Yo no quería asustarte...

–No me has asustado.

Pero, desde luego, parecía asustada. Estaba apretando una toalla contra su pecho como si fuera un escudo.

–Si quieres que me vaya, dímelo. Reservaré habitación en el motel y...

–No, por favor –lo interrumpió ella–. Es que... nunca había hecho nada parecido.

–¿Nunca habías besado a un hombre?

–Claro que he besado a un hombre. Tengo

dos hijas, Seth. Pero nunca había besado a un extraño de esa forma.

–¿Cómo sueles besar a los extraños? –bromeó él.

Hannah contuvo una risita.

–Quiero decir que nunca había besado a un extraño. Me da un poco de vergüenza que pienses...

–Yo no pienso nada –la interrumpió Seth–. Yo te besé y tú me devolviste el beso, nada más. Y ha sido un beso estupendo, pero los dos sabemos que no hay nada más.

–¿No? No, no, claro que no.

–Solo estaré aquí un par de días. Pero prometo no volver a tocarte.

–Muy bien –murmuró Hannah, colorada como un tomate.

–A menos...

–¿A menos que qué?

–A menos que tú me lo pidas.

–Ah.

Seth se dio la vuelta para salir de la cocina.

–¿Seth?

–¿Sí?

–Sé que ibas a alguna parte cuando ocurrió el accidente. Si quieres llamar a alguien o...

–No hace falta, gracias. Tengo que ir a Wolf River, pero puedo llegar unos días más tarde.

–Yo podría llevarte –se ofreció Hannah–. Lori se quedaría con las niñas y...

–No hace falta, de verdad. No tienes que hacer nada.

–Pero si es importante, me gustaría ayudarte.

Importante. Si ella supiera...

Seth recordó entonces a Lizzie, con sus ojos azules y su pelo oscuro. A Rand, alto, de pelo negro y ojos oscuros, tan parecido a él que no tenían que decir que eran hermanos.

Pensó entonces en los veintitrés años que llevaba separado de sus hermanos. Veintitrés años creyéndolos muertos.

–No voy a mentirte. Era algo muy serio, pero no importa si llego unos días más tarde.

–Lo siento mucho, de verdad.

–Estas cosas pasan. Además, acabo de oler algo que me ha abierto el apetito. ¿Qué es?

–Ternera asada. Espero que te guste.

–Me encanta –sonrió él–. Voy a darme una ducha antes de la cena.

Mientras estaba bajo el agua, recordó sus propias palabras: «Era algo muy serio, pero no importa si llego unos días más tarde».

Pensó entonces en Hannah bajo su cuerpo, en la combustión espontánea cuando rozó sus labios...

Seth tuvo que abrir el grifo del agua fría y empezó a preguntarse si vivir en aquella casa con Hannah, aunque solo fueran unos días, empezaba a ser un problema.


–Derek Matthews se sabe el abecedario hasta la pe –anunció Maddie durante la cena.

–¿Ah, sí? –sonrió Hannah.

–Dice que va a practicar toda la semana y que el sábado se sabrá hasta la zeta –les informó Missy.

Hannah tomó el bol de las verduras y sirvió judías verdes y brécol a las niñas.

–¿No es Derek el que tuvo que ir a la enfermería porque se había metido un caramelo en la nariz?

Maddie asintió, moviendo los rizos.

–Decía que podía lanzarlo como si fuera un dardo.

–Era un caramelo amarillo –suspiró Missy, con cara de admiración.

Hannah no sabía si los talentos de Derek eran conversación apropiada para la cena, sobre todo delante de un invitado, pero agradecía que sus hijas estuvieran tan charlatanas como siempre. Aparentemente, cada vez que ella abría la boca decía algo inadecuado.

Como, por ejemplo, su reacción cuando él dijo que no iba a pasar nada entre ellos. «¿No?», había preguntado, como si fuera una cría.

Lo miró entonces, concentrado como estaba en la explicación de Maddie y Missy sobre el incidente de Derek con el caramelo. Las niñas se quitaban la palabra y estaba claro que querían llamar su atención.

Además del marido de Lori, no había presencia masculina en sus vidas desde que su padre se fue tres años antes. Brent decía que estaba demasiado ocupado como para ir a verlas, pero Hannah sabía la verdad. Nunca quiso ser padre y, tras el nacimiento de las niñas, tampoco quiso ser marido.

Seth era el primer hombre que pasaba unos días en casa y sus hijas estaban emocionadas.

Y, la verdad, también ella disfrutaba de su compañía.

Mientras hacía la cena había oído el ruido de la ducha y no pudo dejar de imaginarlo desnudo. Cuando salió, con el pelo mojado y recién afeitado, estaba para comérselo. Se había quitado la venda de la frente y el corte parecía cicatrizado.

La camiseta blanca se ajustaba a su torso marcando los pectorales, las mangas se pegaban a sus bíceps... Sus manos eran muy grandes y Hannah tuvo que hacer un esfuerzo para no imaginar lo que sentiría si aquellas manos tocasen su piel desnuda.

—El viernes a las nueve tenemos un concurso de manualidades —estaba diciendo Maddie.

—No, es a las diez —corrigió Missy.

—A las nueve.

—A las diez.

—¡A las nueve, tonta!

—Ya está bien, niñas —las regañó Hannah—. Preguntádselo mañana a la señorita Reynolds. ¿Qué proyecto vais a presentar?

—Al señor Granger —contestó Maddie, tan tranquila.

—¿Cómo? —exclamó Hannah.

–Todos los niños del colegio quieren conocerlo. Así que Missy y yo hemos decidido llevarlo.

Hannah miró a Seth y vio un brillo de terror en sus ojos. Aparentemente, Seth Granger, el héroe, tenía miedo de un montón de niños.

–Me temo que no podéis llevar al señor Granger, niñas.

–¿Por qué no?

–Pues... porque no.

–¿No le gustan los niños?

–Pues... sí, claro que me gustan –contestó él.

–Entonces, ¿puede venir? –preguntaron Missy y Maddie a la vez.

–No creo que yo sea muy interesante en una clase de manualidades.

–Claro que sí. Chelsea llevó una vez a su tío, que es malabarista. Solo se le cayeron las pelotas una vez –dijo Missy.

–Travis Jeffers llevó a su hámster la semana pasada –añadió Maddie–. Usted es mucho mejor que un hámster.

–Ah, muchas gracias.

–¿Quiere venir?

–Pues... –Seth no sabía qué decir y miró a Hannah, buscando ayuda.

–Lo siento, cielo. Tendréis que pensar en otra cosa.

–Pero los niños del colegio se van a llevar una desilusión.

–Podríais llevar el trabajo que hicisteis con pinzas de la ropa. Os quedó muy bonito –sugirió su madre.

Mientras las niñas discutían otras opciones, Hannah se dio cuenta de que Seth estaba fuera de su elemento.

¿Y cuál era su elemento?, se preguntó. No quería ser entrometida, pero le habría gustado hacerle muchas preguntas. Su expresión cuando le preguntó si iba a alguna parte antes del accidente era... cauta. Solo le dijo que iba a Wolf River y que era importante, pero no añadió nada más.

Sin embargo, estaba segura de haber visto un brillo en sus ojos. Un brillo de emoción que él se encargó de apagar inmediatamente.

¿Tendría una cita con alguna mujer? Podría ir de camino a Wolf River para casarse... Podría haber doscientas personas esperándolo para oír un «Sí, quiero».

Con el ceño arrugado, Hannah pinchó un trozo de carne. Pues no debería besarla si estaba a punto de casarse. No debería estar allí, no debería...

La discusión de las niñas interrumpió sus pensamientos.

—¡Sí es verdad! —gritaba Maddie.

—¡No lo es!

—¡Tienes una judía entre los dientes! —canturreaba Maddie.

—¡No es verdad!

Maddie tomó una judía verde y se la puso sobre el labio superior.

—¡Mira, soy Missy! Me salen judías de los dientes.

Su hermana melliza se puso como un tomate.

—¡Pues ahora le digo a todo el mundo que sigues durmiendo con la mantita!

—¡Callaos las dos! —gritó Hannah—. Esta no es forma de comportarse en la mesa, delante de un invitado. Madeline Nicole, pídele disculpas a tu hermana y al señor Granger.

—Lo siento —dijo la niña, bajando la mirada.

—Y ahora, a vuestra habitación. Yo subiré dentro de un rato.

Las mellizas salieron de la cocina y empezaron a discutir antes de llegar a la escalera.

—Lo siento. No sé qué les pasa últimamente. Siempre están discutiendo o haciendo travesuras.

—¿Quieres decir que son dos niñas normales?

Hannah sonrió.

—Sí, es verdad. Pero no me gusta que se porten así.

—Los niños hacen travesuras y se pelean —sonrió Seth.

—¿Tienes niños?

—No, por Dios —contestó él—. Pero recuerdo que mi madre nos castigaba a mi hermano y a mí muchas veces.

—¿Tienes un hermano?

—Sí —dijo Seth, apartando la mirada—. Y una hermana.

—¿Dónde viven?

—No lo sé.

—¿No lo sabes?

—Es un tema complicado. ¿Quieres que te ayude a fregar los platos?

—No, gracias. No tardo nada en hacerlo.

Seth hubiera querido discutir, pero vio que ella tenía una expresión firme.

—Gracias por la cena. La ternera estaba riquísima.

—De nada.

Hannah lo vio salir de la cocina, cojeando. Aquel hombre era un enigma. Un hombre complejo, confuso, con un pasado que parecía pesarle.

Suspirando, decidió subir para bañar a las niñas. Después fregaría los platos y se pondría a bordar los cojines. Al día siguiente tenía que levantarse una hora antes para hacer las madalenas que Phoebe le había pedido.

Por muy tentador que fuese, por muy atraída que se sintiera por él, no tenía tiempo en su vida para nada ni para nadie.

# Capítulo Seis

Al día siguiente, Seth volvió a salir al porche. Hacía una tarde preciosa, con el cielo muy azul, sin nubes. Uno de los últimos días de otoño.

Se quedó parado escuchando... el silencio. Ni sirenas de policía, ni ruido de excavadoras, ni gente, ni tráfico. No sabía que pudiera existir tanta tranquilidad, ni siquiera sabía si le gustaba.

Al menos, aquel día se sentía mejor. Casi podía caminar con normalidad y la hinchazón del tobillo había bajado. Si pudiera saber algo de su moto...

El teléfono de Hannah había estado sonando toda la mañana, pero no tenía noticias del taller. Intentaba tomárselo bien, pero la paciencia nunca había sido lo suyo.

Entonces vio a Beau en la verja que separaba la casa de Hannah de la de su vecina. El perro movía la cola alegremente.

—Ahora somos amigos, ¿eh? —sonrió Seth, bajando los escalones para acariciar al animal. Beau empezó a lamerle las manos—. Hueles a canela, ¿verdad? Hannah ha hecho suficientes

67

madalenas esta mañana como para alimentar a un ejército.

Beau ladró dos veces como respuesta.

–Ya te digo. Esa mujer no para. Dios sabe a qué hora se acostó ayer y ahora está arriba, trabajando en la habitación.

Beau inclinó la cabeza, como si estuviera escuchando atentamente.

–Le he dicho que si quería ayuda, pero es una cabezota.

Y también era sexy, tenaz y tentadora, pensó.

Especialmente tentadora.

No había dormido bien pensando en ella. En el sabor de sus labios, en su olor, en el calor de su piel. Cuando la besó el día anterior no estaba pensando... con la cabeza.

Había prometido no volver a tocarla a menos que ella se lo pidiera. Y sonrió al recordar su expresión atónita, como si eso fuera un pecado.

Seth haría honor a esa promesa, pero no le resultaría fácil. Solo tenía que encontrarse con ella en el pasillo para desearla como no había deseado a otra mujer.

El pastor alemán lanzó una especie de gemido.

–No he dicho que fuera a hacer nada. Puedo controlarme, no soy un animal.

A Beau no pareció hacerle ninguna gracia el comentario y se dio la vuelta. Sonriendo, Seth estaba a punto de entrar en la casa cuando el perro volvió con un periódico en la boca. Apoyando las patas delanteras en la valla, lo soltó a sus pies.

—Gracias, amigo —dijo él, acariciando su cabeza.

Quizá sería buena idea sentarse en el porche para leer el periódico. Aunque imaginaba que en Ridgewater no habría mucho que contar. Después de leerlo, se lo devolvería a su dueña y llamaría al taller para ver qué pasaba con su moto.

Estaba subiendo los escalones cuando lo abrió para leer la portada y...

*Heroico oficial de policía de Albuquerque salva la vida de una niña en Ridgewater.*

Se quedó helado. Y más al ver la fotografía, del día que recibió la placa.

¿Qué demonios...?

Atónito, siguió leyendo.

*En una escena dramática, Seth Granger, del departamento de policía de Albuquerque, atravesó con su motocicleta una valla de madera y subió a un árbol para salvar la vida de la niña de cinco años Madeline Michaels. Los testigos afirman...*

¿Testigos? ¿Qué testigos? Seth apretó los dientes.

*Los testigos afirman que la pequeña Maddie colgaba boca abajo a casi cinco metros del suelo y ha-*

*bría resultado seriamente herida si no hubiera sido*
*por la oportuna y heroica intervención de Seth Gran-*
*ger.*

*Maddie, junto con su hermana Missy, estaban ju-*
*gando...*

El artículo seguía exagerando el incidente y
ocupaba no solo la portada sino dos páginas
interiores, con fotografías de supuestos testigos y una de las niñas.

Seth arrugó el periódico y subió los escalones de dos en dos. Le dolía el tobillo, pero no
le importaba un bledo.

Billy Bishop iba a morir.

Con la lijadora en la mano, Hannah estaba
reparando una grieta sobre la ventana del dormitorio. Tenía los brazos, el peto vaquero y el
pelo cubiertos de polvo. Necesitaba una ducha
urgente.

Le habría gustado darse un baño con bur-
bujas de fresa... Imaginaba la bañera rodeada
de velas, con los ojos cerrados, escuchando
música celta o algo romántico como Andrea
Bocelli. Casi podía oír la rica voz del tenor, el
tono profundo...

–¡Hannah!

Sobresaltada, tuvo que agarrarse a la escalera para no caer al suelo.

–¿Qué ocurre?

–¡Hannah! –gritó Seth entrando en la habitación con un periódico en la mano–. ¿Has visto esto?

Oh, no.

–¿El periódico?

–Sí. El periódico de hoy.

–No, no lo he visto.

Era cierto. Ella no solía comprar el periódico todos los días porque no tenía tiempo de leerlo. Además, en un pueblo tan pequeño como Ridgewater, uno se enteraba de todo por los vecinos.

Pero había oído hablar del artículo. El teléfono no dejó de sonar en toda la mañana y, como Seth había dejado claro que no quería dar entrevistas, decidió no comentarle nada.

Pero, al final, se había enterado.

–En la portada –siguió él, señalándola con el dedo–. ¡En la portada, ni más ni menos!

–Pues yo te encuentro muy guapo en esa foto.

–Hannah –murmuró Seth, cerrando los ojos–. Baja un momento, por favor.

No quería bajar. No porque le tuviera miedo, sino porque se encontraba más segura en la escalera.

–Tengo que terminar de lijar esto y...

–Por favor.

Hannah bajó los peldaños y se colocó a su lado.

–¿Sí?

–Soy policía secreto.

–¿Policía secreto?

–Sí –suspiró él–. ¿Y qué crees que es lo último que un policía secreto desea que se sepa?

Ella tragó saliva.

–¿Que es un policía secreto?

–Eso es.

Un policía secreto. Horror.

–Seth, lo siento. No tenía ni idea.

–Ya, claro –murmuró Seth, mirando la fotografía.

–¿Has venido a Ridgewater para investigar un caso?

–¿Un caso, aquí? No, Hannah. No estoy trabajando.

–¿Estás de vacaciones?

–No exactamente. Me he tomado unos días de descanso. Tuve un... desacuerdo con mi jefe. No me gustan ciertas normas y él desaprueba mi insubordinación.

–¿Te han echado del servicio por insubordinación?

–En realidad, me han suspendido durante unas semanas por darle un puñetazo en la nariz.

–¿Le has pegado un puñetazo a tu jefe? –Hannah se sentía como una idiota repitiendo todo lo que él decía, pero estaba atónita–. ¿Por qué?

–Porque se negó a darme refuerzos en el último caso. Según él, era innecesario. Pero a mi compañero casi le cuesta la vida. Cuando Jarris apareció, yo estaba... muy enfadado.

–Así que le diste un puñetazo.

—Sí, le di un puñetazo —sonrió Seth.

—¿Y te han suspendido durante mucho tiempo?

—Seis semanas.

—¡Seis semanas! Por Dios bendito, y mis hijas piensan que quince minutos es mucho tiempo.

—Seis semanas no serán nada comparado con lo que Jarris podría hacerme si viera esto. Terminaré detrás de un escritorio o dirigiendo el tráfico en algún pueblo perdido.

—Seth, no sabes cómo lo siento —suspiró Hannah—. Ya te habrás dado cuenta, claro, pero es que en Ridgewater nunca pasa nada. Por eso has salido en la portada del periódico. Este artículo debe haber sido lo más interesante que Billy ha escrito en años. Pero si hubiera sabido que eras de la policía secreta, no creo que lo hubiera escrito.

—Es un periodista —suspiró él, tirando el periódico al suelo—. Esto es lo que hace un periodista. No lo pueden evitar.

Seguramente tenía razón. Billy habría escrito el artículo de todas formas, pero quizá no habría publicado la fotografía.

—¿Esto te pone en peligro?

—Lo dudo. La fotografía es muy antigua. Además, después de lo que pasó, seguramente Jarris no volverá a darme ningún caso importante.

—¿Por qué no?

—Puede que te sorprenda, pero parece creer que no sé aceptar una orden.

–No... –sonrió Hannah.

–Es difícil de creer, lo sé –dijo él, inclinándose como para contarle un secreto–. Y también cree que tengo mal carácter.

–¿De verdad? –murmuró Hannah, disimulando el escalofrío que la recorrió al sentir su aliento en el cuello–. ¿Y por qué piensa eso?

–Porque me gusta hacer las cosas a mi manera. Tomándome mi tiempo.

Ella tragó saliva, con el corazón encogido.

–¿Ah, sí?

–Sí –contestó Seth. No la tocaba, pero puso una mano a cada lado de la escalera, acorralándola–. En su opinión, soy impredecible. Demasiado impulsivo.

Hannah no podía creer que estuvieran teniendo aquella conversación. No podía creer que tuviera los brazos llenos de polvo, la cara cubierta de sudor y, sin embargo, él la hiciera sentir sexy.

–¿Y lo eres? –preguntó con un hilo de voz.

–¿Si soy qué?

–Impulsivo.

–No.

–Ah.

–Siempre sé lo que estoy haciendo. Y sé muy bien lo que quiero. ¿Y tú?

Hannah no podía concentrarse teniéndolo tan cerca. Pero consiguió asentir con la cabeza.

Seth miraba fijamente sus labios y pensó que iba a besarla. ¡Quería que la besara!

Pero, de repente, se dio la vuelta. Y ella se

sintió tan defraudada que estuvo a punto de ponerse a gritar.

Sabía lo que quería, pero no sabía cómo pedirlo. Y se alegró de que Seth estuviera de espaldas, necesitaba un momento para recuperar la compostura.

Notó entonces que él no cojeaba tanto como el día anterior.

—¿Qué tal el tobillo?

—Mejor, gracias. Por cierto, estás haciendo un buen trabajo.

—Cuando termine de arreglar este, solo me quedará terminar otro dormitorio.

Seth metió la cabeza en el baño. Hannah había comprado baldosines blancos y negros, pero no tenía dinero para pagar la mano de obra.

—¿Cuándo esperas abrir el hostal?

—Esperaba abrirlo en Navidad.

—¿Esperabas?

Hannah no quería discutir su situación financiera. Lo último que deseaba era compasión.

—Mis abuelos dejaron esta casa a mi madre y a mi tía Martha. Cuando mi madre murió hace seis años yo heredé la parte que me correspondía. Estaba alquilada hasta hace tres años, cuando me vine a vivir con las niñas. Después de...

—¿Después de tu divorcio?

—Separación —aclaró ella—. El divorcio tardó un año en llegar.

Le preguntaría, estaba segura. La gente siempre quería saber qué había pasado y por qué. Y a Hannah la molestaba tener que dar explicaciones.

–Entonces, ¿tu tía vive en Ridgewater?

No había preguntado. Mejor, pensó.

–No, vive en Boston.

–Ayer te echó una bronca, ¿verdad?

De nuevo, Hannah recordó el beso en el sofá. Y tuvo que morderse los labios para no decir nada.

–Es una mujer muy especial. Mi tío murió hace unos años y se siente sola. Pero es una persona muy activa. Ahora mismo es la presidenta de una asociación cultural en Boston.

En ese momento oyeron un claxon. Hannah miró por la ventana y vio a Maddie y Missy saliendo de la furgoneta de Lori.

–¡Estoy aquí! –gritó al oír el portazo de las niñas.

–¡Mamá, mamá! –gritaban sus hijas, corriendo escaleras arriba–. ¡Somos famosas!

Hannah miró a Seth, contrita. Y él se limitó a cruzarse de brazos.

Maddie y Missy entraron corriendo en la habitación.

–¡Mira, mamá! ¡Yo y Missy hemos salido en el periódico! –exclamó Maddie.

–Missy y yo –corrigió su madre.

–No, tú no. Missy y yo –dijo Maddie–. Y usted, señor Granger. ¡Está en la primera página y todo!

–¿Qué te parece? –sonrió él, mirando la fotografía como si la viera por primera vez.

Hannah agradeció esa sonrisa, aunque sabía que le había costado mucho trabajo. Las niñas daban saltos hablando del artículo, emocionadas porque su profesora les había dicho que contasen a toda la clase lo que pasó. Maddie puso las manitas sobre los hombros de Seth y se hubiera sentado sobre sus rodillas si pudiera.

Era asombrosa la facilidad con que se habían acostumbrado a él. Durante el año anterior, Hannah había salido de vez en cuando con algún soltero que le presentaba Lori, pero las niñas jamás mostraron afecto por ninguno.

Y tampoco ella, pensó.

Y de todos los hombres a los que demostrar afecto, Seth Granger era la peor elección. Para ella y para sus hijas.

–Niñas, id a lavaros las manos. Yo bajaré enseguida.

–Muy bien –dijeron las dos a la vez. Maddie tomó a Seth de la mano–. ¿Puede merendar con nosotras, señor Granger?

Hannah vio vacilación en los ojos del hombre, pero sus hijas no le dieron oportunidad de replicar. Prácticamente lo empujaron hacia la puerta, sin dejar de hablar sobre el artículo y lo famosas que eran en el colegio.

No pudo evitar una sonrisa al ver su cara de horror cuando Missy le preguntó si le gustaba la manteca de cacahuete con mermelada de plátano.

–Ah, la tía Lori ha dicho que mañana nos vamos al campamento las tres, mamá –dijo Maddie antes de salir.

Hannah asintió con la cabeza. ¿Campamento, qué campamento?

Entonces recordó. El campamento Wickamackee. Había olvidado que las niñas pasarían el fin de semana a la orilla del lago...

Solos.

Seth y ella estarían solos durante todo el fin de semana.

# *Capítulo Siete*

–¡Diez días! Lo dirá de broma. ¿Cómo pueden tardar diez días?

Con los dientes apretados, Seth escuchó la explicación de Ned Morgan, el mecánico. Por lo visto, los repuestos para la moto tenían que llegar desde California y no se podía hacer nada.

Estupendo.

Cuando colgó el teléfono estuvo diciendo tacos durante cinco minutos.

Diez días más. Sabía que su tobillo no había curado del todo y si lo apoyaba con fuerza veía las estrellas. Pero diez días... Nervioso, se pasó una mano por el pelo. No podía quedarse tanto tiempo.

No podía.

Al oír los ladridos de Beau, se asomó a la ventana. Hannah llegaba en ese momento con el coche y el perro estaba dándole la bienvenida.

Desde que Maddie y Missy se fueron al campamento el día anterior, apenas se habían visto. Después de hacer un pollo delicioso para la cena, se puso un vestido de color vino y se despidió. No había vuelto hasta medianoche.

Medianoche.

Aquel día se fue a las diez, con una falda de flores y un top blanco sin mangas y cuello alto. Estaba acostumbrado a verla en vaqueros y se preguntó para qué se habría arreglado tanto.

O para quién.

Pero no pensaba decir nada, claro. No era asunto suyo. ¿Por qué no iba a salir? Sus hijas estaban fuera el fin de semana. Con dos niñas de cinco años, debía resultarle difícil tener una vida social y era lógico que aprovechase cualquier oportunidad. No iba a quedarse en casa solo porque él estuviera allí.

No había visto a ningún hombre desde que llegó, pero sin duda habría muchos interesados en Hannah Michaels. Era una chica guapísima, inteligente y sexy. Cuando sonreía, era irresistible.

En aquel momento estaba sonriendo, mientras acariciaba la cabezota de Beau. Seth sintió entonces una punzada en el pecho, un anhelo extraño que aumentó al oírla reír.

Deseo, se dijo a sí mismo. Simple deseo.

Tenía un tobillo hecho polvo, pero el resto de su cuerpo estaba perfectamente. Por la noche estuvo dando vueltas y vueltas en la cama, pensando en ella, viendo cómo se quitaba aquel bonito vestido y después el sujetador. Veía sus largas y torneadas piernas, creadas para enredarse alrededor de la cintura de un hombre...

Ese pensamiento, y la idea de que ella estuviera justo encima de su habitación, sola en su cama, fue suficiente para hacerlo sudar. Tardó una hora más en dormirse.

Estaba empezando a lamentar el hecho de haber prometido no tocarla. Dos días antes, cuando la acorraló contra la escalera, estuvo a punto de romper esa promesa. Tuvo que hacer uso de toda su fuerza de voluntad para no besarla, para no desabrochar el peto vaquero y acariciar sus pechos, inclinar la cabeza y poner sus labios sobre las cumbres rosadas...

Solo pensar en ello hacía que se le acelerase el pulso. La quería desnuda y debajo de él. Tanto que le dolía. Cada día más. Miraba la falda de flores moverse alrededor de sus piernas, preguntándose cuántos botones tendría que desabrochar antes de que cayera al suelo, cómo sería...

Pero no debía pensar eso. Si seguía así, acabaría avergonzándose a sí mismo.

Seth se apartó de la ventana cuando Hannah abría la puerta. Y ella casi dio un salto al verlo.

−¡Seth! −exclamó, llevándose una mano al corazón−. Qué susto me has dado.

−Lo siento.

−No pasa nada.

−Estás muy guapa.

−¿Qué? Ah, gracias.

Parecía cansada, pensó. Y, de nuevo, volvió a preguntarse dónde habría estado por la noche. Y con quién.

Pero no era asunto suyo.

–El teléfono ha sonado varias veces. Y el cartero me ha hecho firmar un certificado. Está en la mesa.

Ella miró la carta y se volvió, sonriendo.

–Gracias.

Seth no sabía si le daba las gracias a él o a otra persona, pero su expresión de alivio era evidente. Debía haber esperado esa carta.

–Voy a hacer la cena –murmuró, abriendo el sobre–. Podríamos abrir una botella de vino y...

Hannah no terminó la frase.

–¿Ocurre algo?

–Yo... él –empezó a decir, confusa–. No, no pasa nada. Voy a hacer unos filetes y una ensalada y...

–Hannah, dime qué pasa.

–No pasa nada. De verdad. Es que ha sido un día muy largo, nada más. Si no te importa, me gustaría descansar un momento antes de hacer la cena.

Seth la observó entrar en la cocina. No pensaba seguirla. Había dejado claro que quería estar sola.

Además, lo que le ocurriera no era asunto suyo, se recordó a sí mismo mientras salía al porche para ver anochecer.


Hannah estaba frente al fregadero, mirando el sobre que tenía en la mano. El papel le quemaba los dedos.

Ni siquiera había llamado, ni siquiera tuvo valor para anticiparle aquello personalmente.

Le temblaba la mano mientras sacaba el cheque. Ciento cincuenta dólares.

Miró la cifra, rezando para que apareciese un cero más. La cifra que necesitaba para pagar los tres meses de alquiler que le debía a su tía, la factura de la luz, las tarjetas de crédito...

Pero la cifra, como Brent, no cambiaría. Había sido una idiota al pensar que podría ser así. Durante tres años le prometió enviar el dinero, pero... La semana anterior, cuando lo amenazó con demandarlo, él le aseguró que enviaría un cheque por dos mil dólares para pagar lo que debía de la pensión de las niñas.

Hannah se mordió los labios, furiosa. No lloraría, no se lo permitiría a sí misma.

Si pudiera haría trizas el cheque o lo tiraría a la basura. Al menos, eso la haría sentir mejor.

Pero necesitaba aquellos ciento cincuenta dólares. No era mucho, pero era mejor que nada. Al menos, podría ir al supermercado.

«Maldito seas, Brent Michaels», pensó, cerrando los ojos.

Tenía un nudo en la garganta, pero decidió seguir adelante sin pensarlo más. Tenía que cortar las patatas, pelar unas zanahorias...

Entonces, la primera lágrima empezó a rodar por su mejilla. Furiosa consigo misma, la secó de un manotazo. Pero no hubo manera. Aquella lágrima había abierto las compuertas.

Hannah enterró la cara entre las manos y se puso a llorar. Algo que no hacía nunca.

Seth la encontró así unos minutos más tarde. De pie, con la cara entre las manos, sollozando. Estuvo a punto de marcharse. Había dicho que quería estar sola, ¿no? ¿Quién era él para meterse donde no lo llamaban?

Pero sus angustiados sollozos le partían el corazón.

—Hannah. Dime qué te pasa.

—Nada.

Él nunca había sabido cómo tratar a una mujer que estaba llorando. Nunca se le había dado bien, nunca sabía qué decir. Aquella vez, con Hannah, no era diferente.

—Toma —murmuró, dándole una servilleta de papel.

—Gracias. Voy a hacer la cena y...

—Olvídate de la cena, por favor —la interrumpió Seth—. Quiero ayudarte, Hannah. Al menos, dime qué te pasa.

Ella se quedó en silencio un momento y después, suspirando, le dio la carta. Seguía de espaldas a él, como si no quisiera mostrarle su rostro.

Y Seth empezó a leer:

*Sé que te dije que este cheque sería mayor, pero es lo único que puedo enviarte por el momento. Sigo esperando la comisión por la venta de la casa de los Owen y en cuanto la consiga te enviaré el dinero, cielo. Dame un mes o dos y te enviaré todo el dinero que te debo.*

*Con cariño, Brent*

–Supongo que es tu ex marido –murmuró Seth, después de mirar el cheque.

–Sí.

–¿La pensión de las niñas?

Hannah asintió con la cabeza. El canalla de su ex marido no solo no le enviaba el dinero, sino que tenía la poca vergüenza de llamarla «cielo» y despedirse «con cariño».

Sin conocerlo, le habría gustado darle un buen puñetazo.

–¿Cuántos meses te debe?

–Da igual, Seth.

–¿Cómo que da igual? ¿Por qué dices eso?

Ella se volvió.

–Ya me las arreglaré.

–¿Y si no puedes?

Hannah dejó escapar un largo suspiro.

–Mi tía posee la mitad de esta casa. Si no puedo pagarle el alquiler que le debo, tendré que venderla.

–Pero ¿y tu sueño de convertirla en un hostal?

–A veces uno no tiene elección.

–Claro que la tienes. Yo puedo ayudarte.

–¿Qué?

–Tengo dinero...

–¡No! –exclamó ella.

–Hannah, por favor... solo quiero ayudarte.

–No, Seth. Muchas gracias, pero este es mi problema. Agradezco la oferta, pero no puedo aceptar tu ayuda.

–Podrías pagarme en...

–No.

–¿Te han dicho alguna vez que eres muy testaruda?

–Nunca.

Seth sacudió la cabeza.

–Nunca había conocido a una mujer como tú, Hannah Michaels.

–¿Cómo? Cabezota, aburrida, sosa...

–¿Es así como te ves? ¿Crees que eres aburrida y sosa?

Hannah se encogió de hombros.

–No soy exactamente una sirena.

Y lo creía de verdad, pensó él, incrédulo. De verdad creía esas bobadas.

Podría decirle que estaba equivocada, muy equivocada. Pero ella no lo creería. Y como había hecho la absurda promesa de no tocarla, iba a ser difícil demostrárselo.

–Hannah –dijo, apoyando las manos en la repisa–. Esa es la tontería más grande que he oído en mi vida.

–¿De verdad?

–Sí. ¿Y sabes otra cosa?

–¿Qué?

–Creo que eres la mujer más sexy del mundo.

–Ahora sé que estás mintiendo.

–Yo no te mentiría, de verdad.

Vio el recelo en sus ojos. Pero también vio otra cosa. Deseo. Cuando se pasó la lengua por los labios, Seth sintió que le hervía la sangre.

–¿Quieres saber lo que estaba pensando cuando te he visto salir del coche?

–¿Qué había de cena? –intentó bromear Hannah.

Seth negó con la cabeza.

–Me preguntaba con quién habías estado anoche. Y pensaba que, fuera quien fuera, era un tipo con suerte.

Ella lo miró, sorprendida.

–Estaba haciendo el turno de Kristina Bridges en el restaurante. ¿Por qué pensabas que estaba con un hombre?

–¿Y por qué no iba a pensarlo? Una mujer tan guapa como tú, sola el fin de semana. Y con esa falda tan bonita...

–¿Esta falda? Pero si es muy vieja...

–Es preciosa –murmuró Seth, acercándose–. ¿Sabes lo que pensaba antes? Cuántos botones tendría que desabrochar para verla caer al suelo.

–Ah.

–Y me preguntaba qué llevarías debajo. Ropa interior de algodón... o de encaje.

Ella no respondió. Pero levantó la cara para mirarlo, con los labios temblorosos. Él había empezado aquello, pero debía ser Hannah quien tomase la decisión. Aunque no sabía si podría soportarlo mucho más.

–Hannah, te deseo... Quiero hacer el amor contigo.

Ella no se movió, no dijo nada. Tenía que decírselo, tenía que dar el primer paso. Si no lo hacía, se moriría, pensó Seth.

–Antes de hacerme el amor, ¿no crees que deberías besarme?

# Capítulo Ocho

Hannah no le había pedido a un hombre que la besara en toda su vida. Y mucho menos que le hiciera el amor. Y aunque la idea de pedirlo le había parecido aterradora, lo hizo y no se la tragó la tierra.

Quería que Seth la besara, que la tocase, que hiciese el amor con ella. Lo deseaba desesperadamente.

Entonces apoyó las manos en su torso, sintiendo los duros músculos, sintiendo los ojos negros clavados en ella, brillantes como el carbón.

—Bésame —murmuró, enredando los brazos alrededor de su cuello—. Bésame.

Seth inclinó la cabeza y buscó sus labios mientras la envolvía entre sus brazos. Era maravilloso sentir la fuerza del hombre, el olor de su colonia masculina, el sabor de su lengua... Hannah tenía el corazón tan acelerado que estaba casi mareada.

Pero siguió besándolo con abandono, rendida a aquellas tumultuosas sensaciones. Mientras se besaban, deseó que acariciase sus pechos, un deseo que no había tenido nunca.

Deseaba sus manos por todas partes y la asombraba pensar cómo deseaba tocarlo ella a su vez.

Con un gemido ronco, Seth se apartó.

–Hannah, ven a mi dormitorio. Ven a mi cama.

Hannah asintió y él la tomó de la mano.

–Dilo –murmuró–. Dime que me deseas, que quieres acostarte conmigo, que estás segura.

–Estoy segura –musitó ella, temblando–. Te deseo. Quiero hacer el amor contigo.

La distancia entre la cocina y el dormitorio era escasa, pero le pareció una eternidad. Con cada paso, la lógica y la razón amenazaban el momento. Él sintió sus vacilaciones y la besó en la puerta, susurrando cosas que ningún otro hombre le había dicho antes, cosas que la hacían ruborizarse, que la excitaban. Le dijo lo que quería hacerle, lo preciosa que era...

Lo que realmente la asombraba era que lo creía. Se sentía preciosa, se sentía sexy. Y quería que le hiciera las cosas que decía, quería hacerle cosas a él. Cosas que nunca había hecho.

La luz que entraba por la ventana dejaba la habitación en sombras. Seth cerró la puerta y deslizó las manos por su espalda para acariciar su trasero, apretándola contra él en un gesto que no admitía dudas.

Hannah tembló al sentir el aliento del hombre en la boca, gimió al sentir sus pechos aplastados contra el torso masculino...

Oía su propia respiración junto a los roncos jadeos de Seth, sentía las manos del hombre apretando su trasero, moviéndola hacia él con el ritmo del apareamiento. Estaba duro, preparado, y ella lo estaba también. Pero Seth no parecía tener prisa, algo que la excitaba y la frustraba a la vez.

Aquella era la conmoción que creaba el sexo, pensó. Había oído comentarios de otras mujeres, pero nunca entendió lo que era, nunca creyó las confesiones de Lori. Pensaba que estaban exagerando. El sexo para ella estaba bien, pero nunca la había emocionado, nunca la hizo ver lucecitas, nunca había sentido aquella excitación, aquel loco deseo.

Sin embargo, Seth la había despertado. Bajo sus dedos, su piel parecía encenderse. Y tocarlo, tocar los fuertes pectorales, los abdominales marcados, su dura barba... todo aquello era nuevo para ella.

–Seth... ¿qué me estás haciendo?

–Si no lo sabes no debo estar haciéndolo bien –contestó él, con voz ronca.

–Estás haciéndolo muy bien –sonrió Hannah, enredando los brazos alrededor de su cuello–. Lo estás haciendo más que bien.

Él la besó con fuerza, acariciando sus caderas, buscando los botones de la falda.

–Cuatro –murmuró.

–¿Cuatro?

–Cuatro botones –sonrió Seth–. Y llevas braguitas de seda.

–Misterio resuelto –dijo ella, temblando al sentir las manos del hombre en sus muslos–. Ahora me toca a mí.

Tiró de la camiseta hacia arriba y él la ayudó. Había visto su torso antes, pero en aquel momento era diferente. Muy diferente.

Con descaro, empezó a acariciarlo, apretando los labios contra la suave piel. Cuando besó uno de sus pezones, él contuvo el aliento, enredando los dedos en su pelo y tirando suavemente hacia atrás para seguir besándola, cada vez con más pasión, hasta que a Hannah se le doblaron las rodillas.

El colchón se hundió bajo su peso. Las sombras aumentaban, pero todavía podían verse. Ella se echó un poco hacia atrás para mirarlo. El primer día la intimidó un poco con su altura, pero en aquel momento la excitaba. Quería sentirlo encima, debajo, dentro de ella.

Entonces alargó la mano para acariciar su vientre plano, deslizándola después para desabrochar la cremallera del pantalón. Sentía la mirada oscura clavada en ella mientras la bajaba.

–Espera –dijo Seth entonces.

Confusa, Hannah lo observó inclinarse para sacar algo de la mochila. Un segundo después, dejó un paquetito sobre la mesilla.

Un preservativo. Afortunadamente, él había pensado en eso.

–Gracias. No... estaba pensando.

–Mejor –murmuró Seth, tomando su cara entre las manos–. No quiero que pienses.

Hannah no podía pensar, solo podía sentir. Sentía el ansia de sus besos, saboreaba su pasión, pero quería más...

Y él cumplió su deseo. Se apartó y buscó el bajo del top para tirar suavemente hacia arriba. La miraba con un brillo de adoración en los ojos mientras trazaba el borde del sujetador con los dedos.

–Eres tan preciosa... –murmuró, inclinando la cabeza.

Hannah gimió al sentir los ardientes labios sobre su piel. Con una mano acariciaba uno de sus pechos mientras con la lengua buscaba el pezón escondido dentro de la copa del sujetador. «Date prisa», hubiera querido gritar ella. Pero no podía.

Rápidamente, él abrió el cierre del sujetador y Hannah echó la cabeza hacia atrás al sentir el roce de sus húmedos labios sobre un pezón. La acariciaba con su lengua una y otra vez mientras ella enredaba los dedos en su pelo, sintiendo un calor feroz entre las piernas.

Aquello era demasiado maravilloso, pensó, preguntándose si una persona podía morir de placer. Y cuando él metió la mano dentro de las braguitas, buscando su húmeda cueva, estuvo segura de que podía morirse. Seth marcaba el ritmo y ella se movía con él, sintiendo fuego en su interior.

–Seth, por favor. Por favor...

Él se apartó un poco para quitarse los vaqueros y los calzoncillos de un tirón. Un segundo después estaba de pie al lado de la cama, mirándola. Se inclinó para quitarle las braguitas y después colocarse entre sus piernas. La miraba a los ojos mientras entraba en ella.

Hannah se incorporó un poco para sentirlo mejor. Se movía dentro de ella una y otra vez hasta que empezó a pronunciar su nombre. Estaba encendida. Era un fuego que crecía más y más, las llamas casi sin control.

El mundo estalló a la vez que su cuerpo. Gritó, asombrada, ante las olas de placer que la envolvían, cada una más salvaje que la anterior. Entonces se agarró a sus hombros, apretándose contra él con fuerza, hasta que lo sintió estremecerse entre sus brazos.

Seth la apretaba contra su pecho, el trasero colocado íntimamente contra su entrepierna. Se había dormido unos minutos después de hacer el amor y él escuchaba el ritmo de su respiración, pensativo. Besó su hombro desnudo y después saltó de la cama. Ella se movió un poco, pero seguía dormida.

La luz de la luna iluminaba la habitación en blanco y negro. Seth se puso los vaqueros y la camiseta y se quedó mirando a Hannah. Tenía una mano debajo de la cara, los rizos rubios extendidos sobre la almohada, con una sonrisa en los labios...

Se excitó de nuevo al verla, pero la dejó dormir. Lo necesitaba.

Y si tenía que ser sincero consigo mismo, no estaba seguro de estar preparado para tocarla de nuevo. La deseaba, sin duda alguna. Después de hacer el amor con ella, la deseaba todavía más.

Había hecho el amor con muchas mujeres y siempre disfrutó del sexo, pero nunca había conocido a una mujer que lo hiciera olvidar quién era o dónde estaba. Con Hannah perdía la noción del tiempo, del espacio. Y lo turbaba no mantener el control. No le gustaba nada.

Salió en silencio de la habitación y se dirigió a la cocina. Sabía que tendría hambre cuando despertase y, aunque no era un gran cocinero, podría preparar algo decente.

Sobre la repisa vio los filetes que Hannah había llevado del restaurante, junto con la carta de su ex marido.

Seth volvió a leerla. Inmobiliaria Michaels, decía el membrete. Brent Michaels, Four Oaks, Texas.

Four Oaks estaba a solo unas horas de Ridgewater. ¿Por qué no iba a ver a sus hijas? ¿Por qué no era él quien las llevó al campamento? Y la mayor de las preguntas, ¿por qué demonios no seguía con su familia?

Seth pensó en Maddie y Missy. Eran dos niñas preciosas y encantadoras. Cualquier hombre sería feliz con ellas. ¿Por qué las había abandonado?

Cinco minutos a solas con Brent Michaels, eso era todo lo que le hacía falta. Cinco minutos para «hablar» con él.

Hannah no quería su ayuda económica, pero había otras formas de ayudarla, pensó. Y si lo hacía bien, no se enteraría nunca.

–Hola.

Se volvió al oír su voz en la puerta. Se había puesto la falda y el top, pero no llevaba sujetador. Y aunque su primer impulso fue llevarla a la cama de nuevo, intentó controlarse. Tenía que hacerlo.

–Hola.

–Deberías estar durmiendo.

–Si sigo en la cama diez minutos más, no dormiré esta noche.

–Tengo noticias para ti, cariño –sonrió Seth–. Esta noche no vas a dormir.

Después, puso una copa de vino en su mano. Si la besaba no habría cena, volverían al dormitorio en dos segundos...

–Voy a hacer la cena yo mismo.

–¿Necesitas ayuda?

–No, tú siéntate. Hoy trabajo yo.

–Pero deja que...

–Hannah, siéntate.

Ella obedeció, sonriendo. Seth hizo los filetes y metió dos patatas en el microondas, con gesto de experto cocinero.

Hannah necesitaba hacer algo y tomó otro sorbo de vino. No solía beber, pero en aquel momento le parecía lo más apropiado. Se sentía rara, diferente... otra.

Hizo una mueca cuando vio que se quemaba con la sartén, pero cuando intentó levantarse Seth se lo impidió. Que un hombre cocinase para ella, que la tratase con tanto mimo era algo nuevo y maravilloso.

Pero que Seth hiciera la cena no era la única experiencia nueva. Se ponía colorada al recordar cómo habían hecho el amor. Había sido tierno y fuerte al mismo tiempo. Sus manos, su olor, su sabor, todo él seguía en su piel.

Entonces, de repente, sus ojos se llenaron de lágrimas. Tomando un sorbo de vino, apartó la mirada, diciéndose a sí misma que estaba siendo una tonta. Era una mujer madura, por Dios bendito.

—Hannah, ¿qué ocurre? —preguntó Seth, poniéndose en cuclillas a su lado—. Puedo hacerte unos huevos si esto no te gusta. Sé hacer huevos revueltos y...

—No es eso. Soy yo.

—¿Qué ocurre?

Sonriendo, Hannah acarició su cara.

—Yo... cuando hacíamos el amor, yo... era la primera vez que...

No podía decirlo. Era demasiado embarazoso. No podría soportar que se riera de ella.

—Hannah —murmuró él, sentándola sobre sus rodillas—. Tienes veintiséis años, has estado casada y tienes hijos. ¿Estás diciendo que nunca...?

—No. Nunca.

—Mírame —dijo Seth entonces, levantando su barbilla con un dedo.

Vio asombro en sus ojos, pero no risa. No la encontraba ridícula.

–¿Con qué clase de idiota te casaste? ¿Y por qué te casaste con él?

Aquella pregunta la pilló por sorpresa, pero era más fácil hablar de eso que hablar de sus lágrimas. Hannah se encogió de hombros, apoyando la cara sobre su pecho.

–Mi madre estaba enferma cuando yo iba al instituto. Mi padre había muerto y tuve que cuidar de ella, así que no salía mucho. No tenía experiencia con los chicos.

–¿Tu ex marido y tú érais compañeros de instituto?

–No. Conocí a Brent un año después de graduarme, tres meses después de la muerte de mi madre. Acababa de llegar de Dallas para llevar la oficina de la inmobiliaria para la que trabajaba. Era un vendedor, ya sabes... encantador, simpático, guapo. Y muy insistente. Me enamoré de él y supongo que Brent se casó conmigo porque estaba aburrido de Ridgewater. Por eso y porque no me acostaba con él antes de casarnos. Y supongo que luego se llevó una decepción.

Seth la apretó con fuerza.

–No digas eso. Eres una mujer guapísima y una madre maravillosa. Si tu ex marido no podía verlo es que es ciego.

–Gracias –murmuró ella–. Me culpé a mí misma durante mucho tiempo. Pensé que no era guapa, que no era lo suficientemente lista, que no era sexy... Cuando Brent empezó a viajar y a trabajar hasta muy tarde, supe que estaba viendo a otra mujer. Me dolió mucho, pero la verdad era que entre cuidar de las niñas y trabajar por las mañanas, no tenía tiempo de nada. El sexo nunca me había interesado y, francamente, fue un alivio que no quisiera acostarse conmigo. Cuando por fin se marchó, me daba completamente igual. Tenía a las niñas y eso era lo único que me importaba. Es lo único que me importa.

–Eres una mujer afortunada.

–Sí, pero ahora que me has mostrado... ese otro lado de la vida, me he dado cuenta de todo lo que me había perdido. Quizá debería buscar tiempo para salir más.

Seth arrugó el ceño.

–Ten cuidado, Hannah. Eso podría ser peligroso.

–¿Peligroso salir algún viernes por la noche?

De repente, él buscó su boca con desesperación. Fue un beso largo, intenso.

–Hazme el amor, Seth –murmuró–. Por favor.

–Cariño, puedes contar con eso –dijo él, su voz ronca de pasión–. Pero antes tenemos que comer algo. Vas a necesitar todas tus fuerzas esta noche.

–¿Ah, sí? ¿Por qué?

Seth se inclinó y le dijo al oído por qué. Hannah tembló al oír lo que dijo y después se dispuso a cenar... esperando terminar lo más rápido posible.

\*\*\*

El domingo por la mañana llegó muy rápidamente. Hannah dormía boca abajo, con la cara enterrada en la almohada. Apoyado en un codo, Seth observaba el suave movimiento de sus hombros. Resistió el deseo de tocarla, de meter la mano por debajo de la sábana, de pasarla por la curva de su trasero. Resistió el deseo de despertarla y hacer más, mucho más.

Por el momento, se contentaba con verla dormir.

Además, después de la noche que habían pasado juntos, sabía que necesitaba descansar. Y también sabía que Maddie y Missy llegarían a casa por la tarde, de modo que la tenía para él solo todo el día. Para hacer lo que quisieran. Y una enorme casa para hacerlo, pensó con una sonrisa.

Ella se movió entonces, como desorientada. Entonces lo vio y su rostro se iluminó con una sonrisa.

–Buenos días –la saludó Seth.

–Entonces, no ha sido un sueño.

Su voz adormilada pareció acariciarlo. Seth sonrió mientras se inclinaba para besarla y ella enredó los brazos alrededor de su cuello.

El beso se hizo más profundo, más intenso. Él apartó la sábana de un tirón y Hannah enredó las piernas alrededor de su cintura, tentándolo. Él se perdió entonces en el terciopelo húmedo de su cuerpo, en la textura satinada de su piel, en los suaves gemidos... Todo en ella lo excitaba, lo hacía anhelar algo que nunca antes había anhelado.

—Hannah —murmuró con voz ronca—. Abre los ojos.

Ella parecía perdida en alguna parte, en un mar de pasión, la espalda arqueada, el rostro enrojecido y los ojos cerrados.

—Abre los ojos —repitió—. Mírame.

Hannah lo miró, con los ojos velados de deseo. Cuando acarició sus pezones, sus ojos azules se volvieron de color cobalto.

—Seth —murmuró, acariciando su pelo—. Ahora, por favor. Ahora...

El ruego le hizo perder el poco control que le quedaba. Se movió profundamente dentro de ella, sintiéndola convulsionarse, temblar. Y entonces se estremeció también, apretándola con fuerza contra su corazón para llegar al clímax juntos.

Tardó varios minutos en apartarse, pero no se movió de su lado. No podía hacerlo.

—Puede que me quede así para siempre —sonrió Hannah.

—¿Seguro?

—Ojalá pudiera.

—Podríamos quedarnos en la cama todo el día.

—¿Y la comida? Uno de los dos tiene que levantarse.

—Podemos pedir pizza y que la dejen en el porche.

—¿Pizza para desayunar?

–¿Qué más da? Es comida, ¿no? Los solteros comemos pizza a cualquier hora.

Hannah se quedó en silencio unos segundos.

–¿Por qué no te has casado?

Era una pregunta sencilla y se preguntó por qué Seth tardaba tanto en contestar. Ella le había desnudado su alma y su corazón. Le dolía que le costase hablarle de sí mismo.

–Soy policía –dijo él entonces–. No es un trabajo de ocho a tres, cinco días a la semana. A veces no vuelvo a casa en una semana y a veces no puedo decirle a nadie dónde estoy. Es un trabajo peligroso, aunque la mayoría del tiempo lo pasas sentado en un bar, esperando ganarte la confianza de alguien que te dé una pista. He tenido varias novias, incluso una vivió conmigo. Pero no ha funcionado.

Hannah sintió una punzada de celos. No tenía derecho a estar celosa, pero lo estaba.

Y lo último de lo que quería hablar en aquel momento era de las mujeres de su vida.

–¿Y tu familia? ¿Tus padres no se preocupan por ti?

–Mi padre murió cuando yo era un adolescente –contestó él–. También era policía y murió de un disparo.

–¿Y tú te hiciste policía? Supongo que tu madre lo pasará fatal.

–Ella no sabe que soy policía secreto. Vive en Florida, así que no nos vemos a menudo.

–¿Y tus hermanos? Dijiste que no sabías dónde estaban.

Seth apretó los dientes. No parecía querer contestar a esa pregunta.

–Lo siento –dijo Hannah entonces–. Voy a hacer el desayuno y...

–No, por favor. Ven aquí.

–No quería...

–Hannah, espera un momento. Soy adoptado. Mis padres murieron en un accidente cuando yo tenía siete años.

–Oh, Seth...

–Vivíamos en un rancho en Wolf River. Con mi hermano mayor, Rand, y mi hermana pequeña, Elizabeth. No recuerdo la noche del accidente, solo lo que me contaron después mis padres adoptivos. Por lo visto, era una noche de tormenta y un rayo cayó justo delante de nosotros... El coche cayó rodando por un precipicio.

Hannah cerró los ojos. Debía haber sido terrible para él perder a sus padres tan pequeño.

–Yo me rompí una clavícula, pero nada más. Lo que ocurrió a partir de entonces es solo una bruma para mí, no recuerdo nada. Solo sé que, de repente, tenía una familia nueva, un apellido nuevo...

–¿Te separaron de tus hermanos?

–Me dijeron que habían muerto en el accidente junto con mis padres. Y lo creí durante los últimos veintitrés años –murmuró Seth, pasándose una mano por el pelo–. Hace unos días recibí una carta de un abogado de Wolf River dándome la noticia de que mis hermanos estaban vivos. Fueron adoptados, como yo.

–¿Y quién haría una cosa tan horrible? ¿Y por qué? –preguntó Hannah.

–Eso era lo que quería averiguar cuando pasaba por Ridgewater. El abogado me dijo que me lo explicaría todo cuando llegase a Wolf River.

–Oh, Seth... Estarías allí si no hubieras salvado a mi hija.

–Hannah, mírame –dijo él, levantando su cara–. No cambiaría nada de lo que ha pasado desde que llegué aquí. Ni una sola cosa.

–¿Ni siquiera el artículo del periódico?

–Bueno, eso sí. Pero nada más.

–¿De verdad?

–De verdad.

–¿Cuál era tu apellido antes de que te adoptasen los Granger?

–Blackhawk –contestó él–. Ha pasado mucho tiempo, pero nunca los olvidé. Ni a mis padres ni a mis hermanos. Quise mucho a los Granger y fueron unos padres extraordinarios, pero siempre sentí que me faltaba algo.

–Quizá lo sabías –dijo Hannah–. Quizá intuías que tus hermanos estaban vivos.

Seth se encogió de hombros.

–Es posible. A ver lo que me cuenta el abogado cuando llegue a Wolf River. Pero, por el momento... ahora mismo tengo una sirena entre los brazos –dijo, sonriendo.

–Lo siento, pero esta sirena tiene que hacer el desayuno –rio ella, saltando de la cama.

–¡Vuelve aquí!

–En serio, tenemos que comer algo –dijo Hannah, poniéndose su camiseta.

Seth se puso los vaqueros y fue tras ella. La pilló cuando estaba llegando a la escalera y empezó a hacerle cosquillas. Estaba a punto de sugerir que volvieran al dormitorio cuando oyeron un ruido en el porche.

Hannah se volvió cuando la puerta estaba abriéndose.

Oh, no.

Con los ojos de par en par, boquiabierta, se quedó mirando la cara horrorizada de su tía.

# Capítulo Nueve

Solo en la cocina, con una taza de café en la mano, Seth miraba por la ventana a la señora Peterson cortando las rosas del jardín mientras Beau disfrutaba del sol.

Podría haber sido una perfecta mañana de domingo, si no fuera por la chillona voz de la tía Martha.

Seth apretó la taza de café, que se había quedado frío. Escuchar la bronca que estaba echándole a su sobrina hacía que no pudiese tragar. Y lo peor era que Hannah parecía incapaz de replicar.

Cuando los encontró en la escalera, su expresión de horror casi lo hizo reír. Pero Hannah no había encontrado la situación nada divertida.

Desde luego, no esperaba a su tía Martha. Y, desde luego, ella no esperaba encontrar a su sobrina con un hombre, los dos medio desnudos.

Se había puesto pálida y luego colorada como un tomate. Era una mujer elegante y atractiva de unos sesenta años, con el pelo plateado y las uñas largas y bien cuidadas. Los había mirado, incrédula, sujetando la puerta con una mano. En la que, por cierto, llevaba unos anillos que debían costar más de lo que él ganaba en un año.

Hannah fue la primera en moverse. Tirando del bajo de la camiseta, su camiseta, murmuró que era una sorpresa verla, intentó presentarlos y después, histérica, subió la escalera corriendo. La tía Martha se volvió hacia él, mirándolo de arriba abajo, y después cerró la puerta sin decir una palabra.

No había que ser un genio para imaginar que ninguna de las dos mujeres quería verlo por el momento. De modo que Seth fue a la habitación a vestirse y después entró en la cocina para hacerse un café. Le hacía falta.

Según todo el mundo, la música amansa a las fieras. Pero a Seth solo lo amansaba un café.

Y después de oír lo que la tía Martha le estaba diciendo a Hannah, cosas como «irresponsable, promiscua e impropia», «fiera» era una palabra que lo definía bastante bien.

El problema era que el café no estaba funcionando. Al escuchar la bronca, su furia era cada vez más sorda.

–Tu inexcusable comportamiento... –oyó que decía en aquel momento.

Seth apretó los dientes. Tenía que salir de allí antes de hacer alguna estupidez. Aunque quisiera mandar a aquella vieja a la porra, sabía que Hannah no se lo agradecería.

Pero cuando estaba en el pasillo la voz de la tía Martha lo detuvo.

–He sido muy paciente contigo. Una extensión de tres meses ha sido más que generosa por mi parte, Hannah. Si no puedes pagar el alquiler de la casa, ¿cómo piensas llevar un negocio? Fracasarás antes de que llegue el primer cliente.

Seth se dijo a sí mismo que debía seguir andando. No era asunto suyo. El control siempre había sido lo más importante para él, esencial. En su trabajo, el control era algo básico para conservar la vida. Había aprendido a pensar antes de actuar, a calcular las consecuencias antes de dar un paso.

Sin embargo, se quedó escuchando. ¿Por qué no replicaba Hannah? ¿Por qué no le decía a su tía que se metiera en sus cosas y la dejase en paz?

–¿Qué pensaría tu madre? ¡Su hija en la cama con un hombre al que acaba de conocer! Es una desgracia, Hannah Louise.

«Contéstala, maldita sea», pensó Seth. «Dile que se vaya al infierno».

Pero no lo hizo. Y él tenía que salir de allí cuanto antes.

–¿En qué clase de mujer te has convertido? –siguió la insoportable tía Martha–. ¿En qué clase de madre?

Aquel comentario fue la gota que colmó el vaso.

Seth se volvió y entró resuelto en el salón. Hannah, con pantalón negro y blusa rosa, estaba sentada en el sofá con la cabeza baja. La tía Martha estaba frente a la chimenea, con los brazos cruzados y un gesto de desdén.

–¿Has pensado en tus hijas? ¿Has pensado en cómo podría afectarlas y...?

–¡Un momento!

–Seth... –murmuró Hannah, levantándose–. No pasa nada.

–Claro que pasa –replicó él–. No pienso dejar que te hable así.

–Esto no es asunto suyo –dijo la tía Martha, muy digna–. Y quiero que se vaya de aquí inmediatamente.

–Puede decir lo que le dé la gana. Y sí es asunto mío.

–Seth, por favor. No estás ayudando nada.

–No puedo soportarlo, lo siento. ¿Sabe cuánto trabaja Hannah para mantener a sus hijas, sabe a qué hora se levanta cada día? ¿Sabe que está arreglando la casa sola, que el canalla de su ex marido solo le ha pasado ciento cincuenta dólares en tres años?

Claramente, la tía Martha no sabía nada de eso.

–Hannah, ¿por qué no...? –la mujer no terminó la frase–. No tienes que vivir así. Te he ofrecido mi casa en Boston un millón de veces. Boston es una ciudad culta y civilizada. ¿Qué tiene Ridgewater, además de un absurdo pastel de frutas?

–Tiene corazón –contestó Seth–. Algo que usted parece haber perdido.

Martha lo miró, atónita.

–Mi sobrina podría conocer mucha gente interesante en Boston. Gente que podría ayudarla a encontrar un buen trabajo.

–Ya tiene un buen trabajo. Aquí mismo, en su casa, en su pueblo. Es una madre extraordinaria y tiene veintiséis años, así que no tiene que darle explicaciones a nadie. Especialmente a alguien que no tiene la cortesía de llamar al timbre antes de entrar en casa ajena.

–Por favor –murmuró Hannah–. Deja que yo solucione esto.

–Me niego a seguir escuchando barbaridades –dijo entonces la tía Martha–. Evidentemente, tu gusto en hombres no ha mejorado con los años, querida. Me marcho.

–Tía Martha, no te vayas.

–Cuando recuperes el sentido común, llámame. Pero pienso poner esta casa a la venta dentro de un mes.

Hannah se puso pálida.

–No, por favor. Dame un poco de tiempo para pagar el alquiler de estos meses. Solo necesito un...

–He sido más que paciente contigo. Sé que es difícil enfrentarse con otro fracaso, pero cuando las niñas y tú estéis en Boston, me lo agradecerás.

La mujer tomó su bolsa de viaje y, después de mirar a Seth por encima del hombro, salió de la casa.

–¿Qué has hecho? –murmuró Hannah–.
¿Qué has hecho?

–No podía dejar que te hablase de esa
forma.

Ella lo fulminó con sus ojos azules.

–Siempre habla así cuando está enfadada. Si
la dejo, se calma enseguida. Podría haber conseguido que esperase unos meses... Ahora,
¿qué voy a hacer?

–Maldita sea, Hannah –dijo Seth entonces,
tomándola del brazo–. Es una mandona y una
grosera.

–Y también es la dueña de la mitad de esta
casa. Puede venderla si quiere, sin mi permiso.

–Los bancos dan préstamos y tienes amigos
que podrían ayudarte. Yo te ayudaría.

–Los bancos no prestan dinero a una madre
con dos hijas y sin ninguna propiedad. Me
niego a pedir dinero a mis amigos y, desde
luego, no pienso pedírtelo a ti.

Seth hizo una mueca.

–No la necesitas, Hannah. No necesitas que
nadie te hable así.

–Tú no me conoces lo suficiente como para
saber qué necesito. Dentro de unos días te irás
de aquí y yo me quedaré sola, intentando llegar a fin de mes. No tenías derecho a inmis-
cuirte.

–Por favor, Hannah, yo solo...

–No quiero seguir hablando de esto –lo interrumpió ella–. ¿Por qué no te vas al pueblo a
dar una vuelta? Las niñas no llegarán a casa

111

hasta las siete y me vendría muy bien trabajar un rato. Toma las llaves, puedes llevarte mi coche.

–Si quieres que me vaya, solo tienes que decirlo.

–Creí que eso era lo que acababa de hacer.

–¿Me echas de tu casa?

–Si quisiera echarte de mi casa, ya lo habría hecho. Solo necesito estar sola un rato. Eso es todo.

Seth no quería dejarla de esa forma. Y tampoco le gustaba que lo echase.

Iba a tomar las llaves del coche cuando sonó el teléfono. Hannah contestó y después se volvió hacia él.

–Es para ti. El teniente Jarris.

Jarris. Maldición.

–¿Sí? Dime... necesito al menos dos semanas.

Mientras Jarris ladraba al otro lado del hilo, Seth observó a Hannah subiendo la escalera.

–Llegaré cuando llegue –dijo antes de colgar.

Desde luego, aquel no había sido el mejor día de su vida.


Hannah se sentó frente a la mesa de la cocina y repasó las cifras que había escrito en un papel. Por enésima vez en menos de una hora. Daba igual lo que hiciera con los números, las cuentas no le salían. No tenía dinero para apaciguar a su tía ni para pagar las facturas.

Apoyando los codos en la mesa, enterró la cara entre las manos, agotada. Pero no era un agotamiento físico, sino mental, emocional.

Había estado arreglando la habitación durante varias horas. Después, se duchó, dejando que el agua caliente relajara sus músculos mientras recordaba la discusión con su tía una y otra vez.

Su tía Martha no la perdonaría nunca, estaba segura. Nadie se atrevía a hablarle en ese tono a una mujer tan rica e influyente como ella. Al menos, Hannah nunca había oído a nadie hablarle así.

A pesar de todo, tuvo que sonreír.

Estaba segura de que su tía no la perdonaría nunca, pero también estaba segura de que volverían a hablarse... aunque le daría la tabarra sobre el incidente una y mil veces. Y que cambiase de idea sobre el alquiler era imposible. Tenía tan pocas posibilidades como de encontrar el dinero para pagar las facturas y mantener la casa.

Debía olvidarse del hostal. Si no encontraba una salida a su penosa situación económica, abrirlo sería imposible.

Pero no había llegado tan lejos para perderlo todo en un día.

Entonces miró el reloj de la pared. Eran casi las cinco. Las niñas llegarían a las nueve y Seth... no sabía a qué hora volvería a casa.

A casa. Era extraño lo fácil que le resultaba imaginarlo siempre allí. Pero aquella no era su casa, por supuesto. Solo estaba de paso y la llamada de su jefe debía haberle recordado que, después de ir a Wolf River, debía volver a Albuquerque.

Entendía que lo que había pasado entre ellos solo era algo físico. Una noche de pasión entre un hombre y una mujer. La mayoría de los hombres y las mujeres aceptarían eso y después seguirían adelante con sus vidas.

Hannah deseaba ser como ellos, deseaba que su corazón entendiese lo que no parecía capaz de entender; que Seth se marcharía pronto y seguramente nunca volvería a verlo.

Ojalá no le importase tanto. Ojalá esa idea no la pusiera tan triste...

Y si los deseos fueran céntimos, como solía decir su madre, todo el mundo sería rico.

Suspirando, apoyó la cabeza sobre el brazo, escuchando los ruidos que se colaban por la ventana: los niños de los Clark jugando en la piscina, el aire acondicionado de la señora Peterson, Charlie Hanson cortando la hierba con la segadora... Todos sonidos familiares, reconfortantes. Aquella era su casa, donde habían vivido sus padres y sus abuelos, donde ella quería criar a Maddie y Missy.

Su casa. No la mansión de su tía Martha en Boston, sino su hogar. Su pueblo, donde le gustaba vivir, donde debían educarse las niñas.

Se hundiría, pensó. Pero no sin luchar.

Trabajaría en cinco sitios si hacía falta. En diez. Donde fuera.

Pero necesitaba descansar un momento. Necesitaba reunir fuerzas. Cerrando los ojos, dejó de darle vueltas a la cabeza. Solo cinco minutos...

Seth la encontró así media hora más tarde. Doblada sobre la mesa, dormida. Al verla en esa postura su corazón se encogió y tuvo que apretar el ramo de claveles que llevaba en la mano.

La dejaría dormir, pensó. Pero cuando iba a darse la vuelta para salir de la cocina, Hannah levantó la cabeza.

—¿Qué huele tan bien?

—Pizza —contestó él, sentándose a su lado—. Espero que te guste la de jamón.

—No tenías que comprar nada. Iba a hacer la cena...

—Ah, muy bien. Si no quieres pizza, la tiraré a la basura.

—Deja eso donde estaba o morirás.

—De acuerdo —sonrió Seth, sacando el ramo de claveles.

—¿Claveles? No tenías que...

—Tienes razón. No tenía que hacerlo, lo he hecho porque he querido.

Pedir disculpas le resultaba raro. Incómodo. Pero tenía que hacerlo.

—Gracias.

—Siento haber metido la nariz donde no me correspondía. Tenías razón. No era asunto mío.

—No, es verdad. Pero los claveles son muy bonitos.

115

–Dime qué puedo hacer para solucionar el asunto entre tu tía y tú –dijo Seth entonces. Prefería comer cristal antes que disculparse ante aquella vieja tirana, pero lo haría. Por Hannah–. Alquilaré un cartel de diez metros, contrataré un avión para que escriba «Lo siento» en el cielo. Dime lo que tengo que hacer.

Hannah se levantó para sacar un jarrón del armario.

–Agradezco tu oferta, pero no tienes que hacer nada. Nadie mejor que yo sabe lo exasperante que puede ser mi tía. Pero se le olvidará.

–No mientes nada bien. Eso no es una crítica, es una observación.

–Bueno, quizá no lo olvide. Seguramente sigue furiosa por lo que dijiste.

–Lo siento, de verdad. No debería haber...

–Fue maravilloso.

–¿Qué?

–He dicho que fue maravilloso. Fuiste maravilloso saliendo en mi defensa.

–¿De verdad?

Hannah dejó el jarrón sobre la mesa y volvió a sentarse.

–Nadie me había defendido así desde quinto, cuando Tommy Belgarden le dio un puñetazo a Joey Winters por robarme el almuerzo.

Seth tomó su mano.

–¡Bien por Tommy!

–Mi tía Martha no ha sido siempre así. Cuando yo era pequeña, solía venir a visitarnos y siempre me traía algún regalo. A los siete años me regaló una cajita oriental llena de compartimentos secretos que aún conservo –dijo ella, sonriendo–. Yo tenía ocho años cuando se casó con mi tío Lloyd. Entonces cambió por completo.

–¿Y eso?

–No lo sé. Cuando mi madre murió, insistió en que me fuera a vivir con ella. Y desde la muerte de mi tío y mi divorcio, más aún. Pero yo no quiero irme a Boston. Mi vida está aquí, en Ridgewater. Me da igual tener que trabajar día y noche. Si pierdo la casa, la perderé. Pero no pienso irme de aquí.

Seth hubiera querido decirle que todo iba a salir bien, que no tendría que marcharse a ningún sitio, que no iba a perder la casa. Solo había tenido que hacer un par de llamadas...

Pero, después de lo que pasó por la mañana, estaba seguro de que Hannah no agradecería más interferencias en su vida. No tenía que saber nada sobre las llamadas ni los favores que había pedido.

A veces uno tiene que llamar y esperar que alguien abra la puerta, otras sencillamente hay que tirar la puerta de una patada. Y aquella tarde había tirado varias puertas porque tiempo era algo que ni Hannah ni él tenían de sobra.

Nunca había conocido una mujer tan fuerte como ella. Una mujer que lo turbase tanto.

Nervioso, le ofreció una porción de pizza.

–Come.

Los ojos azules se iluminaron de alegría.

–La verdad es que tengo mucha hambre.

También él tenía mucha hambre. Pero no de comida. No podía dejar de pensar en ella en la cama, desnuda, haciéndole el amor...

–Siento haberte pedido que te fueras –dijo Hannah entonces–. No debería haber sido tan...

–No pasa nada. Así he tenido la oportunidad de ver el pueblo y conocer gente. ¿Sabías que June y Bob están esperando un niño? ¿Y que esta noche alguien ha visto el camión de Charlie Thomas aparcado frente a la casa de Mavis Goldbloom?

–Todo el mundo sabe que June está esperando un niño –sonrió Hannah–. Y Charlie es el fontanero de Ridgewater. Quizá Mavis tenía algún problema en las cañerías.

–Sí, eso es lo que Perry Rellas ha dicho. Que Mavis tenía un problema en las cañerías.

–Seth Granger, ¿no te da vergüenza? –rio ella–. Eres un cotilla.

–Entonces, no querrás saber lo que me han dicho de Cindy Baker.

–Claro que no. Cindy Baker es amiga mía. Era animadora en el instituto.

–Ah, muy bien. Qué rica está la pizza.

–Está buenísima.

–La masa es muy suave.

–Los ingredientes frescos le dan ese toque especial.

–Desde luego.

Comieron en silencio durante unos segundos y después Hannah le dio una patada por debajo de la mesa.

–¿Vas a contármelo o no?

–¿Qué?

–Lo de Cindy.

–¿No me has llamado cotilla hace un momento? –rio Seth.

–Dímelo antes de que te dé un puñetazo.

–Se ha ido a Dallas.

–¿Eso es todo?

–Para operarse las... «maracas».

–Ah –sonrió Hannah–. ¿Quién te lo ha dicho?

–Billy Bishop.

–¿Billy Bishop? ¿Has estado charlando con Billy Bishop? ¿El hombre al que querías matar hace unos días?

–Billy es buena gente. Hemos tomado un par de cervezas y le he dicho que si vuelve a publicar algo sobre mí le romperé un brazo.

–Ya veo que has tenido un día muy ajetreado –sonrió ella, tomando una servilleta para limpiarle un poco de salsa de la cara–. Perdona, es la fuerza de la costumbre. Como lo hago con las niñas...

–Una costumbre muy agradable –sonrió Seth, besando su mano–. Me gusta.

–¿Sabes que la gente también habla de nosotros?

–Sí. ¿Eso es un problema para ti?

—No he hecho nada que me avergüence.

—Ah, ya veo —sonrió él, inclinándose para besarla en el cuello—. Pues quizá deberíamos hacer algo.

—Quizá. Nos quedan un par de horas antes de que lleguen las niñas.

—Dos horas me bastan —dijo Seth, soltando la pizza para tomarla entre sus brazos—. Por ahora.

Después, la llevó a su dormitorio y cerró la puerta. Pensaba hacerla disfrutar cada segundo.

# Capítulo Diez

Seth se había enfrentado con drogadictos peligrosos, había visto el cañón de una pistola apuntándole directamente al corazón y había recibido dos navajazos. Se había tirado desde una altura de tres pisos para evitar las balas y había sido acorralado por un par de Doberman furiosos.

Con lo que nunca había tenido que enfrentarse era con un par de niñas de cinco años.

–No quiero sopa –dijo Maddie, cruzándose de brazos.

–Queremos cereales de chocolate –anunció Missy.

–Estáis malitas y no podéis ir al colegio –suspiró Seth–. Tenéis que comer sopa.

Las niñas habían vuelto del campamento resfriadas y Hannah las dejó a su cargo mientras iba a trabajar.

–No me gusta la sopa –insistió Maddie, tapándose la cara con la sábana.

–Sabe asquerosa –dijo Missy.

Estupendo. Llevaba diez minutos intentando convencerlas y la sopa ya debía de estar fría.

–Después de la sopa os daré un bol de cereales... sin chocolate. Vuestra madre me ha dicho que no podéis tomar mucho azúcar.

–Primero, los cereales –lo retó Maddie.

–Y después tomaremos la sopa.

Genial. Como que iba a creérselo.

Cuando Hannah recibió la llamada de Phoebe pidiéndole que ocupase el puesto de una de sus camareras, Seth se ofreció para cuidar de las niñas pensando que sería pan comido. Al principio, ella se negó, pero logró convencerla. Además, seguía debiéndole un favor después de la debacle con su tía.

Cuidar de dos niñas pequeñas no podía ser tan difícil, se decía.

Pero eso fue antes de que las gemelas se levantaran de la cama cada cinco minutos para hacer algo increíblemente urgente, antes de que se lanzaran galletas de cama a cama, antes de que tirasen un vaso de agua, obligándolo a cambiar las sábanas, antes de recoger mil lentejuelas que se le habían caído a Maddie...

Y hasta que Missy decidió arrancarle la cabeza a la muñeca de su hermana. Fue entonces cuando el dormitorio se convirtió en un campo de batalla.

Seth estaba exhausto.

–Mirad, niñas, tengo que hacer lo que me ha dicho vuestra madre. Sed buenas y tomaos la sopa.

–No queremos sopa.

–Queremos cereales de chocolate.

–Maddie, Missy... Solo un platito de sopa. ¿No podríais hacer eso por mí? –les rogó Seth.

Maddie y Missy se miraron.

–Bueno, solo un poco. Pero tú también tienes que tomar un plato.

Eso no sonaba tan mal.

–Muy bien.

–Y tenemos que hacer como que la sopa es té –dijo Maddie entonces.

–Muy bien. Estamos tomando el té.

Las dos niñas saltaron de la cama.

–Un momento... –Seth las observó sacar unas tacitas de la estantería–. Tenéis que quedaros en la cama.

–No se puede tomar el té en la cama. Tú siéntate aquí –dijo la mandona de Missy.

Oh, no. No, no, no.

–De eso nada. Los hombres no toman té.

Nada en el mundo lo haría sentarse en una mesa diminuta y tomar el té en tacitas enanas...

Maddie hizo un puchero y los ojos de Missy se llenaron de lágrimas.

Seth apretó los dientes. No pensaba rendirse. Podían llorar todo lo que quisieran. No pensaba dejarse manipular por dos niñas de cinco años.

Y se negaba en redondo a tomar té como si fuera una señorita.


Daba igual que le doliesen los pies, daba igual que estuviera agotada, Hannah prácticamente entró bailando en casa. Tenía el bolsillo lleno de propinas y, aunque con eso no podía pagar las facturas, cada céntimo contaba.

El silencio la recibió en el salón. Buena señal. Las niñas debían estar durmiendo la siesta. Cuando estaban enfermas y confinadas en la cama, las gemelas podían convertirse en pequeños demonios.

Hannah subió la escalera y aguzó el oído. Y entonces oyó voces en la habitación de las niñas. Suspirando, se acercó a la puerta. Ya le parecía a ella...

−¿Quieres un terrón o dos? −estaba preguntando Missy.

De modo que estaban jugando a tomar el té. De modo que no estaban en la cama...

−Quiero seis, por favor −oyó la voz de Seth.

Hannah abrió los ojos como platos. ¿Seth jugando con las niñas a tomar el té? Cuando asomó la cabeza, allí estaba, sentado en una silla diminuta, levantando una tacita que apenas le cabía en el dedo mientras Missy le daba seis bolitas de cereal.

Tuvo que ponerse una mano en la boca para no soltar una carcajada. Aquel hombre de metro noventa, aquel duro policía de Nuevo México jugando con sus hijas...

Lo oyó felicitar a Missy por su excelente elección de té y pedirle otra taza a Maddie. Después, las niñas empezaron a hablar sobre lo que querían para su fiesta de cumpleaños, si invitarían a algún niño, el pastel que les apetecía... Cuando Seth sugirió un pastel de frutas, Maddie y Missy soltaron una carcajada.

Y el corazón de Hannah se encogió. Intentaba no dejarse afectar, pero tenía un nudo en la garganta.

«Maldito seas, Seth Granger. Estábamos perfectamente antes de que tú llegaras. Estábamos muy bien las tres solas».

Se había enamorado de él. Estaba loca, absurdamente enamorada de Seth.

El hombre equivocado, el momento equivocado, el sitio equivocado.

La historia de su vida.

Hannah volvió a bajar al salón, en silencio. Necesitaba un momento para recuperar la compostura. Además, seguramente a Seth no le haría gracia que lo viese con una tacita en la mano. Pensaría que eso no cuadraba con su imagen de macho. Sin saber que lo hacía más viril, más sexy, más deseable.

La asustaba desear tan desesperadamente a aquel hombre. No solo en su cama, sino en su vida. Pero el amor no siempre seguía una fórmula. El hecho era que lo quería todo. La alianza, el compromiso, la promesa de estar juntos para siempre, hijos... Esa idea la asustó.

Quería tener hijos con Seth.

Qué absurdo, pensó. Qué sueño de adolescente.

Haría un pastel, se dijo, entrando en la cocina. Un pastel de chocolate de dos pisos, relleno de fresa. Así tendría la cabeza y las manos ocupadas durante un buen rato.

Y después se comería ella misma la mitad del maldito pastel.

Eso la animó un poco. Sacó los ingredientes del armario mientras tarareaba una canción...

—Siempre has sido muy buena en la cocina.

Hannah se volvió, sobresaltada, y el huevo que estaba sacando de la nevera cayó al suelo.

—Brent.

Su ex marido estaba en la puerta, con las manos en los bolsillos del pantalón. Se había puesto mechas en el pelo y, o se daba rayos Uva o estaba todo el día tomando el sol en la piscina de su casa. Probablemente las dos cosas. Sabía que muchas mujeres caían rendidas ante aquella sonrisa... ¿Cómo no iba a saberlo? Fue una de ellas.

Pero después de ver lo que había detrás de su aspecto de actor de cine, solo sentía desprecio.

Brent le guiñó un ojo.

—Estás muy guapa, querida. ¿Trabajas en el restaurante? —preguntó, señalando el uniforme blanco.

—¿Qué haces aquí?

—Podrías parecer contenta por mi visita. Especialmente porque tengo buenas noticias.

—¿Te vas a vivir a la Antártida? ¿O quizá tu última novia se ha enterado de que tienes otra en Fort Worth?

Brent levantó una ceja, sorprendido.

—¿Me vigilas, cariño? No sabía que te interesase tanto. Pero solo tienes que decírmelo y vendré a visitarte a ti también.

La idea hizo que Hannah sintiera náuseas. Podría haberle dicho que la prima de Phoebe era la gerente del hotel en el que se hospedaba cuando iba a Fort Worth, pero no pensaba decirle nada. Le importaba un bledo lo que hiciera con su vida.

–Puedes venir a ver a las niñas cuando quieras. Y si has olvidado nuestro número de teléfono, puedo dártelo otra vez.

–He estado muy ocupado. Quizá vendré en navidades para llevarlas al cine o algo así.

Hannah había oído eso demasiadas veces. Brent no llamaría nunca, nunca llevaría a sus hijas al cine ni a ninguna parte. Mejor.

–Dime qué quieres. Tengo cosas que hacer.

–Te he traído un cheque.

–Sí, seguro. Y si estiro el dinero, es posible que pueda pagar alguna factura con él.

–Me duele que digas eso –suspiró Brent, sacando un papel del bolsillo.

Hannah se limpió las manos con un paño y miró el cheque, que él movía como si estuviera ofreciéndole un hueso a un perro.

–¿Qué es?

–¿No dije que pagaría todo lo que te debo? Algún día tendrás que confiar en mí, cariño –rio Brent, abrazándola.

–Suéltame.

–Podrías ser buena conmigo. Mostrar un poco de agradecimiento, al menos.

–Suéltame –dijo ella, entre dientes.

–Suéltela.

Sorprendido al oír una voz masculina, Brent se volvió. Y al ver el tamaño del hombre que tenía enfrente soltó a Hannah sin pensarlo dos veces.

–¿Quién demonios es usted?

–¿Estás bien, Hannah? –preguntó Seth, con los dientes apretados.

–Sí, no pasa nada.

–Si vuelve a ponerle las manos encima, será mejor que busque un dentista, ¿entendido?

Brent se puso pálido, pero consiguió reunir valor suficiente como para parecer indignado.

–No sé quién es usted, pero si cree que por acostarse con...

Seth se movió tan rápido que Hannah no pudo detenerlo. De repente, había tomado a su ex marido por la pechera y lo llevaba a empujones hacia la puerta.

–¡Espera! –gritó ella, corriendo hacia Brent para sacarle el cheque del bolsillo–. Ahora ya puedes echarlo.

De un empujón, Seth lo puso en el jardín y, unos segundos después, oían las ruedas del Porsche chirriando sobre el asfalto.

Hannah miró el cheque, atónita. ¡Era todo el dinero que le debía!

Riendo, se echó en los brazos de Seth. Aquel cheque inesperado solucionaba todos sus problemas.

–Ese imbécil ni siquiera ha preguntado por sus hijas.

–No importa –suspiró ella–. Brent no importa. Seth, esto es maravilloso. Es un milagro. Con este dinero no perderé la casa, podré pagar las facturas, podré abrir el hostal...

Seth la besó, un beso que habría terminado en el dormitorio si no fuera por las niñas. Pero mientras le devolvía el beso, Hannah supo que eso no era todo lo que quería.

Todo había cambiado desde que él llegó a su casa. Todo lo que había creído querer, todo lo que pensó que era suficiente... no lo era.

–Voy a ver cómo están las niñas. Y después voy a hacer el pastel de chocolate más grande que hayas visto en tu vida –murmuró, intentando disimular el peso que tenía en el corazón.

–No pienso discutir –sonrió Seth–. ¿Qué clase de vino se toma con un pastel de chocolate?

–¡El trozo de Maddie es más grande que el mío! –dijo Hannah, imitando la voz de Missy.

Él tardó un momento en entender la broma.

–Hannah Michaels, eres una gran mujer.

Esas palabras la calentaron por dentro. Y por un momento, por un segundo, fue más feliz de lo que lo había sido en toda su vida.


La presentación anual del famoso pastel de frutas estaba en pleno apogeo.

La gente de Ridgewater y los pueblos vecinos iban en hordas hasta el campo de fútbol del instituto, donde tocaba una orquesta de música *country*. El olor a hamburguesas y a salsa barbacoa flotaba en el ambiente.

Y en medio de todo aquello, envuelto en una bandera, estaba el pastel de frutas más grande del mundo.

Medía un metro y medio y pesaba sesenta kilos. Sesenta kilos de azúcar, fruta, nueces, harina y huevos.

–Una maravilla, ¿eh?

Seth miró al hombre que hablaba con él. Charlie Thomas, el fontanero. Podía estar hablando del pastel... o de Hannah, que charlaba con el marido de Lori.

–Una preciosidad.

Charlie estaba dándole las estadísticas del pastel, pero Seth no oía nada.

Hannah llevaba un vestido nuevo de color lila y cuando bajó la escalera aquella mañana, con las mejillas enrojecidas, sintió un anhelo extraño... Se preguntó entonces cómo sería verla bajar aquella escalera cada mañana, cómo sería dormir con ella cada noche, despertarse con ella en los brazos...

No hacían el amor cuando Maddie y Missy estaban en casa. Apenas se tocaban, aunque de vez en cuando se les escapaba una caricia. Pero cuando las niñas estaban en el colegio, cuando Hannah no estaba trabajando en algo, se buscaban el uno al otro, desesperados.

La semana anterior había pasado como un soplo. Seth la sorprendió colocando los baldosines del cuarto de baño, pintando el dormitorio, arreglando la valla rota y reparando un grifo que goteaba.

Había olvidado cuánto le gustaba trabajar con las manos. Reparar cosas y después observar el resultado de su trabajo. ¿Cuándo fue la última vez que se sintió orgulloso de algo bien hecho? ¿Cuándo fue la última vez que sintió que algo le importaba de verdad? ¿Cuándo fue la última vez que se sintió parte de algo?

Sus padres adoptivos habían sido estupendos, pero siempre le faltó algo. Seth miró alrededor y vio las caras alegres. Aquello le resultaba familiar y, sin embargo...

Entonces vio a dos chicos corriendo con una bola de algodón dulce en la mano y el suelo se movió bajo sus pies. Le parecía oír voces, como si alguien hubiese puesto una vieja película...

–... y el ganador del rodeo infantil, categoría de diez años, es Rand Blackhawk, hijo de Jonathan y Norah Blackhawk, del rancho Blackhawk.

Seth miró a su hermano, orgulloso.

–Mira, mamá, ¡es Rand! ¡Ha ganado, Rand ha ganado!

Veía el rostro sonriente de su madre, su cabello oscuro. Llevaba a Lizzie en brazos y los ojitos azules de su hermana brillaban de emoción.

Rand se puso como un tomate cuando Kristen

131

*McDougall le dio un abrazo. Y después, riendo, los cinco comieron hamburguesas, jugaron a la herradura, tomaron algodón dulce...*

–... y hay que tener un horno muy grande para hacer un pastel como ese.

Seth miró a Charlie, pero no oía lo que estaba diciendo. La imagen de aquel día, más de veinte años atrás, lo tenía embrujado.

Su madre.

Su padre.

Rand. Lizzie.

Había soñado con su familia durante mucho tiempo, pero los sueños siempre eran incomprensibles. Recordaba cosas de su vida, pero nunca nada concreto, nada tan claro como aquella imagen.

No recordaba nada del accidente, pero sabía que Seth Blackhawk había muerto también aquella noche. Y nació de nuevo, como Seth Granger. Una nueva casa, padres nuevos, colegio nuevo.

Y nunca sintió que era su sitio.

Nunca.

Seth se obligó a sí mismo a escuchar a Charlie.

–... mi abuelo puso la base y el abuelo de Andy Philpot, los ladrillos. Por supuesto, eso fue hace ochenta años y entonces tenían que echar carbón al horno. Hasta que el padre de Henry Willard trajo las tuberías de gas...

—¡Seth! —oyó las voces de Maddie y Missy—. Ven corriendo. Van a cortar el pastel.

—Pedidle disculpas al señor Thomas por interrumpir, niñas.

—Perdón —dijeron las dos a la vez—. ¡Vamos, Seth!

—¿De verdad la gente se come esa monstruosidad?

—Claro que sí —rio Hannah—. ¿Qué creías que hacíamos con él?

—Ni idea.

El alcalde estaba levantando un sable para cortar el enorme pastel y, una vez hecho, todos los congregados aplaudieron.

—Este año, el primer trozo de honor va para... —el alcalde hizo una dramática pausa—. ¡Seth Granger!

Él miró a Hannah, sorprendido. Maddie y Missy estaban dando saltos de alegría, por supuesto. Les gustaba ser famosas.

El alcalde relató a todo el mundo su heroico acto al salvar la vida de la niña y, cuando tomó el plato, Seth se dio cuenta de que mil personas estaban pendientes de que probase el famoso pastel.

Sabía muy dulce, a nueces y mantequilla, con un ligero toque afrutado...

Estaba muy bueno.

Cuando levantó el tenedor, la multitud aplaudió. Pero cuando Billy Bishop le hizo una fotografía, Seth lo fulminó con la mirada.

Después, soportó los apretones de mano y

las palmaditas en la espalda mientras Hannah bailaba con Wilson Jones, el anciano propietario de la taberna del pueblo, pero cuando un hombre más joven se acercó para sacarla a bailar, decidió que ya había tenido suficiente.

«Es mía», le dijo con la mirada. «Toda mía».

El joven prácticamente salió corriendo.

Bailaron, comieron perritos calientes, hincharon globos, compraron algodón dulce y luego fueron a la caseta de tiro al blanco.

—Concéntrate en el objetivo —le dijo, colocándose a su espalda—. Apunta hacia arriba y aprieta el gatillo.

Ella se movió para colocarse en posición y el inocente roce de su trasero lo encendió. Pero tenía que disimular.

Hannah lo intentó, pero en lugar de darle al patito amarillo prácticamente se llevó por delante el techo de la caseta.

—Esto no es lo mío.

—Eso es cuestión de opiniones —le dijo Seth al oído.

—Me estás distrayendo, tonto.

—A mí me pasa lo mismo. Hueles a algodón dulce. ¿Te he dicho alguna vez cuánto me gusta el algodón dulce?

—El azúcar es malo para los dientes —rio ella, pero Seth vio que sus ojos azules se oscurecían.

—La vida está llena de peligros. A veces hay que...

—¡Seth! ¡Llevo una hora buscándote!

Era Ned, del taller de reparación.

—Hola, Ned.

Curiosamente, no le hacía ninguna ilusión verlo.

—Tengo buenas noticias. Tu moto está como nueva. La ha traído mi hijo y, según él, va como la seda. Está en el aparcamiento.

Seth miró las llaves que le daba el hombre y después miró a Hannah. El brillo de sus ojos había desaparecido.

—Gracias.

—Encantada de verte, Ned —dijo ella en voz baja—. Perdonad, pero tengo que ir a ver qué están haciendo las niñas.

—Voy contigo...

—No, quédate. Volveré dentro de un momento.

¿Qué podía decir? Nunca habían hablado de ello, pero los dos sabían que se iría cuando la moto estuviese arreglada.

No sabía cómo decirle adiós. Ni a Hannah ni a las niñas. Pero tenía que hacerlo.

Ned y él hablaron de la reparación, de la gasolina, del cromo del tanque... pero Seth estaba pensando en otra cosa. Estaba pensando en una rubia preciosa con un vestido lila y dos crías de cinco años que adoraban los cereales de chocolate.


Hannah bajó la ventanilla cuando volvía a casa para que el aire fresco de la noche la refrescase un poco. Poco después, las calabazas decorarían los porches de las casas y el olor a pavo y a tarta de manzana llenaría las calles del pueblo.

Siempre le había gustado aquella época del año. La diversión de coser los disfraces de Halloween, las bendiciones del día de Acción de Gracias, el caos de los adornos de Navidad, los regalos...

La presentación anual del pastel de frutas era el pistoletazo de salida para todo eso.

Pero aquella vez era diferente. Aquella vez no estaba ilusionada.

Porque aquella sería su última noche con Seth.

Cuando llegó a casa, lo vio sentado en la moto y se le encogió el corazón.

No habían tenido oportunidad de hablar de su marcha, pero lo sabía. Lo había sabido cuando lo vio meterse las llaves en el bolsillo, lo había visto en sus ojos. Se marcharía por la mañana, estaba segura.

Y no le haría preguntas. No había habido promesas y sabía que su vida estaba en Nuevo México, no en Ridgewater.

—¿Dónde están las niñas?

—Esta noche duermen en casa de Lori —contestó ella, intentando sonreír.

Normalmente no las dejaría dormir fuera después de un día de tantas emociones, pero había hecho una excepción. Sabía que era egoísta, pero quería a Seth para ella sola aquella noche.

Se quedaron en la entrada, a oscuras, mirándose el uno al otro. Ninguno de los dos se movió.

–Hannah, yo...

–No digas nada –lo interrumpió ella–. No lo digas, por favor.

Seth la envolvió en sus brazos con tal fuerza que Hannah dejó escapar un gemido. Cuando la besó, le devolvió el beso, le hizo el amor con la boca y con el corazón.

Se llevaría eso con él cuando se fuera, pensó.

Su corazón, su amor.

Era joven, quizá amaría de nuevo algún día. Quizá otro hombre despertaría pasión en ella. Pero no como Seth Granger. Nunca sentiría lo que sentía con él.

Prácticamente la llevó en volandas hasta el dormitorio. Su rebeca quedó en el pasillo, la camisa de él en la puerta de la habitación... Entre besos y urgentes caricias, la ropa fue desapareciendo hasta que ambos estuvieron desnudos y sin aliento sobre la cama.

Hannah sintió el aire fresco sobre sus pechos y después el calor de la boca del hombre. Seth intentó colocarse encima, pero ella no le dejó. Quería hacerlo suyo, sentirlo debajo de su cuerpo, hacerle el amor... hasta que los dos cayeron estremecidos sobre la almohada.

–Hannah –murmuró él con voz ronca.

–Te he metido prisa. Lo siento.

–Tenemos tiempo, ¿no?

No el tiempo suficiente, pensó Hannah. Pero no quería pensar en ello. Todavía no.

Se apoyó en un codo para mirarlo, para grabar sus rasgos en la memoria. Su ancho torso, las largas y fuertes piernas, cada ángulo, cada una de sus facciones... lo recordaría todo.

–Tengo que saber una cosa –murmuró, acariciando su cara–. Y quiero que me digas la verdad.

–Yo no te mentiría, Hannah.

Era cierto. Había sido sincero con ella.

–El cheque que me trajo Brent... ¿tú has tenido algo que ver?

–Bueno, yo...

–Dime la verdad, por favor.

–Lo siento. Sé que no debería haberme metido...

Hannah lo besó en los labios.

–Gracias.

–¿No estás enfadada?

–Claro que no. Tardé un par de días en darme cuenta, aunque sigo sin saber cómo lo has conseguido.

–Solo tuve que hacer un par de llamadas –murmuró Seth–. Cierta gente importante le advirtió que sus proyectos inmobiliarios se verían retrasados a menos que pagase lo que te debía.

–¿Tú puedes hacer eso? –preguntó ella, incrédula.

–En realidad no me ha costado nada.

Los ojos de Hannah se llenaron de lágrimas.

–Gracias.

–No llores, por favor.

–No estoy llorando. De verdad, es que te estoy agradecida.

«Por tantas cosas», le hubiera gustado decirle. Aunque su marcha le rompiese el corazón, se alegraba de haberlo conocido. Se alegraba tanto...

–Seth, creo que es mejor que yo me despida de las niñas por ti. Puede que ellas no lo entiendan.

«Yo tampoco lo entiendo», hubiera querido decir.

Seth la apretó contra su corazón, suspirando, y Hannah se dejó llevar. Aunque solo fuera por un momento, quería olvidar que por la mañana se habría ido.

# *Capítulo Once*

En la oficina de Henry Barnes había un tren de juguete con varios vagones, una locomotora de 1800, cuatro vías, una montaña, varios túneles, un paso a nivel...

Le recordaba la casita de muñecas de Maddie y Missy. Las niñas pasaban horas con sus juguetes de plástico, colocando y cambiando de sitio las sillas, las mesas, los armarios, los cientos de diminutas piezas que volvían loca a Hannah porque si no las pisaba, se las tragaba la aspiradora.

Seth sonrió al recordarla con las manos en las caderas, regañando a las niñas por ser tan desordenadas.

Pero la sonrisa desapareció enseguida. Se había marchado de Ridgewater dos días antes y le parecía una eternidad.

Se levantó muy temprano y no quiso despertarla porque temía que, si lo miraba con sus preciosos ojos azules, no podría marcharse.

Pero se habían despedido por la noche. Hicieron el amor, hablaron de las niñas, del festival, de la moto. Hablaron sobre miles de cosas, excepto de que él se iba al día siguiente. Los dos lo quisieron así.

¿O no?

Seth volvió a mirar el tren y se fijó en el botón que lo ponía en marcha. Entonces se preguntó si saldría humo de la locomotora...

Tenía seis años cuando su padre le regaló un tren parecido a aquel por Navidad. Lo había colocado bajo el árbol y recordaba el olor del abeto, las luces de colores, a su madre tocando un villancico al piano...

Rand y él jugaron durante días con el tren, discutiendo sobre quién era el jefe de estación, sobre cómo era la mejor forma de hacerlo descarrilar...

Su sonrisa desapareció cuando se dio cuenta de que en pocos minutos, después de veintitrés años sin verse, su hermano y él estarían cara a cara.

Seth se metió las manos en los bolsillos del pantalón, nervioso. Un segundo después, se abría la puerta del despacho.

–Siento haberlo hecho esperar –dijo Henry Barnes, un hombre alto de pelo gris–. Victoria Wellington, la presidenta del club de horticultura, insistía en demandar a Ernie Farson porque su cachorro le ha destrozado unas dalias. He tardado unos minutos en convencerla de que había otras formas de solucionar el asunto.

–Ya veo.

–Soy Henry Barnes, por cierto –dijo el hombre, ofreciendo su mano–. Señor Granger...

–Seth.

–En ese caso, puedes llamarme Henry. Siéntate, por favor –sonrió el abogado–. Tu hermano y tú os parecéis mucho, por cierto. Este es el caso más raro que he llevado nunca.

–Pensé que él estaría aquí –dijo Seth, impaciente.

–Hemos acordado que lo mejor sería explicarte antes un par de cosas –murmuró Henry, abriendo un archivo.

–Muy bien.

–Todo está aquí. Las fechas, los nombres... Puedo darte la versión corta o puedes llevarte el archivo al hotel.

Seth miró la carpeta. Contenía montones de papeles.

–Cuéntamelo tú.

–Ya me lo imaginaba –sonrió el abogado, pulsando el botón del intercomunicador–. Judy, ¿te importaría traernos un café? Y no me pases llamadas, por favor.

–Muy bien, señor Barnes.

–¿Por qué no te pones cómodo, Seth? Esto va a durar un rato.


Dos horas más tarde, Seth miraba por la ventana de su hotel. Al otro lado de la calle, un hombre salía de una tienda, la misma tienda en la que su madre solía comprarle regaliz. Al lado, una barbería. La misma donde su padre solía cortarse el pelo. En la esquina, una cafetería. La misma en la que su familia y él habían comido muchas veces, sobre todo los domingos.

Mientras recorría el pueblo, los recuerdos de la infancia lo asaltaron. No recordaba los nombres, pero sí los sonidos, los olores. Por ejemplo, el olor a pan recién hecho en el horno, el sabor del helado de fresa de la heladería, el sonido de las campanas de la iglesia...

Seth tuvo que cerrar los ojos. Quería recordar algo más, recordar lo que había pasado aquella noche, pero no era capaz. Sabía lo que Henry Barnes le había contado, por supuesto. Pero era tan difícil de creer...

Sacudiendo la cabeza, miró la carpeta que había sobre la mesa. Allí estaban todas la pruebas, pero seguía siendo muy extraño.

Abrió la carpeta, miró el recorte de periódico que había dentro, lo leyó por enésima vez...

*Cinco personas de la misma familia mueren en accidente de tráfico. Jonathan y Norah Blackhawk, residentes en Wolf River, y sus tres hijos, Rand, de nueve años, Seth, de siete y Elizabeth, de dos, murieron el sábado por la noche cuando el conductor perdió el control en el cañón de Cold Springs...*

Cada vez que lo leía, cada vez que veía sus nombres, un escalofrío recorría su espalda. El artículo describía la tormenta, cómo los médicos los habían declarado muertos en la escena del accidente, que los había sobrevivido William Blackhawk, el hermano de su padre...

Cada vez que leía ese nombre, Seth lo veía todo rojo.

William Blackhawk, el hermano de su padre, su tío, había orquestado todo aquel engaño. Henry Barnes le explicó que William odiaba a su padre por haberse casado con una mujer que no era india.

Seth no recordaba a su tío, no entendía cómo un hombre adulto podía darle la espalda a su familia, cómo el odio podía haberlo hecho falsificar la partida de defunción de tres niños para después darlos en adopción.

Pero la avaricia motiva casi todos los crímenes. Seth había aprendido eso en su trabajo. La avaricia y la pasión. William Blackhawk estaba consumido por ambas cosas. Quería el rancho de su padre y un dinero que su abuelo dejó para los dos. Además, estaba consumido por el odio xenófobo hacia la esposa de su hermano y hacia sus hijos.

Si no hubiera muerto en un accidente de avión dos años antes, Seth lo habría matado con sus propias manos.

Suspirando, cerró la carpeta. Había memorizado todo lo que era importante.

Spencer Radik, el comisario que levantó el atestado del accidente, había dejado el pueblo dos meses después y nadie supo nada más de él.

Rosemary Owens, el ama de llaves de William, que se quedó con Rand esa noche y no lo dejó hasta que fue adoptado por una familia de San Antonio. Rosemary se marchó de Wolf River seis semanas después para instalarse en

144

Vermont. Había muerto de cáncer unos meses antes.

Leon Waters, el sucio abogado que arregló las adopciones a cambio de dinero. Seth no lo recordaba, pero Henry le había dicho que fue él quien arregló la adopción de los Granger. Leon había cerrado el bufete un mes después del accidente.

Su participación y su silencio habían sido pagados por William Blackhawk. Y el engaño podría no haber sido descubierto nunca si no hubiera sido por un diario que se encontró tras la muerte de Rosemary, el ama de llaves.

El diario fue enviado al único Blackhawk que seguía viviendo en Wolf River, Lucas Blackhawk, un primo al que Seth no conocía. Tenía un rancho a las afueras del pueblo, estaba casado y tenía varios hijos.

Y había otro primo. William tuvo un hijo, Dillon Blackhawk. Pero se marchó de Wolf River cuando tenía diecisiete años y no volvió jamás. Ni siquiera para asistir al funeral de su padre.

Considerando lo que le había hecho a la familia, Seth pensó que era mejor. ¿Qué iba a decirle al hijo del hombre que destrozó su vida y la de sus hermanos?

Pero lo único que le importaba en aquel momento eran Rand y Lizzie. Aunque seguían buscando a su hermana, Rand había vuelto a Wolf River y pensaba instalarse allí con su prometida.

Seth miró el teléfono. Sabía que su hermano estaba esperando una llamada y había tomado el auricular una docena de veces, pero no se atrevía.

Llamaría más tarde, se dijo, cuando estuviera más tranquilo.

Volvió a acercarse a la ventana y vio a una chica rubia salir de la cafetería... por un segundo pensó que era Hannah. No lo era, por supuesto.

En aquel momento estaría volviendo con las niñas del colegio. Podía imaginarlas entrando en casa a la carrera, a Hannah diciendo que se lavaran las manos, a Maddie contando que odiaba a Derek Matthews... o que lo amaba, dependía del día. Imaginaba a Missy contando lo que habían hecho en clase, a su hermana interrumpiéndola...

Seth se llevó la mano al corazón. Las echaba de menos. Cómo las echaba de menos.

De nuevo volvió a mirar el teléfono.

No. Si la llamaba solo complicaría más la historia. Hannah se merecía más, se lo merecía todo.

Además, Jarris estaba esperando que volviese a Nuevo México cuanto antes. Le había dicho que su siguiente misión sería al norte del país y que sería peligrosa. En el pasado, Seth había pedido ese tipo de misión.

–Maldita sea...

Se pasó una mano por el pelo, nervioso. Tomaría una cerveza en el bar, se dijo. Y luego llamaría a Rand.

Sin dejar de pensar en Hannah, abrió la puerta de la habitación y se quedó helado al ver al hombre que estaba en el pasillo.

Era casi como mirarse en un espejo. El hombre que había frente a él era de su misma altura, con los mismos ojos, el mismo pelo negro...

Ninguno de los dos se movió, atónitos ambos.

–¿Rand?

–Hola, Seth.

Se le hizo un nudo en la garganta al ver a su hermano. Habían pasado veintitrés años. Ya no estaba en el pasillo de un hotel, estaban en el jardín, tirados en el suelo...

*–Estoy herido, sargento Blackhawk», –decía Rand poniendo voz de moribundo–. ¿Sabe lo que tiene que hacer?*

*–Sí, capitán. Infiltrarme en las líneas enemigas y traer refuerzos.*

*Ambos sabían lo que eran «las líneas enemigas»: la cocina de su madre. Y los «refuerzos»: una tableta de chocolate.*

*–No me defraude, sargento –dijo Rand, como si fuera su último suspiro–. Puede que no aguante mucho y las tropas cuentan con usted para salvarnos a todos...*

El recuerdo desapareció tan rápido como había llegado. Seth parpadeó, confuso. Su corazón latía con tal fuerza que parecía querer escapar del pecho.

–Maldita sea –fue lo único que pudo decir.

Rand sonrió.

–Sí.

Un segundo después, los dos hombres se fundían en un abrazo. Aunque ninguno de los dos lo admitiría después, ambos tenían los ojos llenos de lágrimas.

–Estaba a punto de llamarte.

–Sí, ya. Es que pasaba por aquí... No soy un tipo muy paciente.

–Mamá solía decir que tenías la paciencia de un conejo.

Los dos sonrieron, con tristeza.

–Me han dicho que eres policía.

–Y a mí que tú crias caballos.

Había tantas cosas de qué hablar, tantas cosas que contarse, tantas cosas que lamentar y compartir.

Toda una vida.

–¿Sabes algo de Lizzie? –preguntó Rand.

–Solo lo que Henry me ha contado. Que has contratado a un investigador privado para encontrarla.

Su hermano asintió.

–No creo que tardemos mucho en hacerlo. La familia que la adoptó ha vivido un tiempo fuera del país, pero creo que ahora están aquí.

–Ella no nos recordará –dijo Seth entonces, recordando los ojos azules de su hermana–. Quizá no quiera recordarnos.

–Tendremos que correr ese riesgo –se encogió Rand de hombros–. Haga lo que haga, habrá que respetar su decisión, pero al menos sabrá la verdad.

–Sí, es cierto.

–¿Te apetece ir al rancho?

El pulso de Seth se aceleró. ¿Su habitación seguiría teniendo las paredes azules? ¿La puerta de la cocina seguiría chirriando? ¿Las canicas que había escondido bajo el suelo del pasillo seguirían allí?

Su vida había cambiado por completo desde la noche del accidente, pero los recuerdos no cambiarían nunca. Incluso después de veintitrés años, Seth sabía que Rand era su hermano, no solo de sangre, sino de espíritu. Nada cambiaría eso ni lo que habían compartido de pequeños. Y aunque sabía que Lizzie no los recordaría, esperaba que sintiera también ese lazo indestructible.

Cenaron en casa de su primo Lucas y Seth conoció a la prometida de su hermano, Grace. No dejaban de hacer preguntas, de recordar cosas... Era como estar en casa otra vez, como haber recuperado a su familia. Seth sentía que aquel era su sitio.

Y, sin embargo, le faltaba algo.

Algo que no era solo Lizzie.

Y era algo que no podía seguir escondiéndose a sí mismo, de lo que no podía prescindir.

Seguramente lo más importante de su vida.


Las notas de una canción de Donna Summer hacían vibrar las paredes y la lámpara mientras quince niños y niñas jugaban a las si-

149

llas en medio del salón. El marido de Lori, John, dirigía el juego. Paraba la música y los quince niños, chillando, buscaban una silla que estuviese vacía.

–¿Quieres que sirva el helado, Hannah? –preguntó Lori.

–Espera a que termine el juego.

Ya habían cantado el *Cumpleaños feliz* y soplado las velas y Hannah envió a los niños a jugar mientras cortaba los pasteles: de chocolate para Maddie, de nata y fresa para Missy.

Las niñas habían cambiado de opinión al menos una docena de veces durante aquella semana. No se ponían de acuerdo sobre si la fiesta debía celebrarse en la bolera, en la pizzería, en el patio del colegio... Al final, las dos decidieron que lo mejor sería celebrarla en casa.

Después de lo que habían llorado tras la marcha de Seth, Hannah las habría dejado invitar a todo el colegio, a todo el pueblo si eso las hacía felices.

Les explicó su marcha como pudo, pero las niñas estaban desconsoladas. Y ella tuvo que guardarse las lágrimas hasta que estuvo sola en su cuarto.

Lo único que las animó había sido planear la fiesta de cumpleaños. Compraron globos, caramelos para los otros niños, decoraron la casa con cintas de colores... Además de eso, Hannah trabajó como nunca. Quería estar agotada, quería caer en la cama rendida para no pensar.

La música se detuvo de nuevo y, otra vez, más risas y gritos de los niños buscando una silla.

Así era su vida desde la marcha de Seth. Como si estuviera corriendo en círculos, buscando una silla que ya no estaba.

–¡Todo el mundo al jardín! –gritó John–. ¿Quién quiere ser el primero en golpear la piñata?

Quince niños gritaron a la vez: «¡Yo!».

Poco después Hannah oyó los golpes en la piñata, las risas... No le importaría dar un par de golpes ella misma. Quizá así aliviaría la tensión...

–¿Necesitas ayuda?

Se quedó inmóvil al oír aquella voz.

Seth.

Estaba en la puerta de la cocina, afeitado, con el pelo más corto, una camisa azul y vaqueros nuevos.

Hannah tuvo que hacer un esfuerzo para no echarse en sus brazos, para no besar cada centímetro de aquella preciosa cara.

Si no fuera por Maddie y Missy, lo haría. Haría el ridículo, le suplicaría que se quedase. Pero sus hijas se merecían algo mejor. Ella se merecía algo mejor.

No quería a Seth durante unos días, una semana. Lo quería para siempre. Nada más y nada menos.

Entonces se puso furiosa. Si las niñas lo veían, volverían a sufrir, volverían a llorar.

–¿Qué haces aquí, Seth?

–Quería hablarte de mi familia.

¿Había vuelto a Ridgewater para hablarle de su familia? ¿Había parado un momento antes de volver a marcharse?

Pues ella no quería saber nada de su familia. No quería saber lo que había hecho en Wolf River. Quería que se fuera. Que saliera de su vida para siempre.

Mentira, por supuesto.

Quería saber cómo estaba. Quería saberlo todo, cada detalle.

–¿Todo ha ido bien? –preguntó, intentando controlar su voz.

–Muy bien. Mi hermano está arreglando el rancho de mis padres. Se casa el mes que viene y me ha pedido que sea su padrino.

–Eso es maravilloso, Seth –sonrió Hannah.

–Te gustaría Grace, la prometida de mi hermano. Es una chica encantadora. Y Julianna, la mujer de mi primo Lucas.

–¿También tienes un primo?

–Lucas Blackhawk. Él también tiene gemelos, como tú.

Niños, familias... Hannah no sabía cuánto tiempo podría soportar aquella conversación sin derrumbarse.

–Me alegro por ti, de verdad. Agradezco que hayas pasado por aquí, pero no quiero que te vean las niñas. Perdona, pero tengo que salir a...

–Ese pastel tiene muy buena pinta –la interrumpió él.

–Seth, ¿qué haces aquí?

–Me había dejado algo.

Hannah había mirado por toda la casa, esperando secretamente que se hubiese dejado algo... Pero no encontró nada.

–¿Qué te has dejado?

–A ti.

«A ti».

¿Había oído bien?

–Te dejé a ti. Y a Maddie y a Missy.

–¿Qué estás diciendo?

No quería creerlo, no quería hacerse ilusiones, temiendo que la música parase y ella se quedara de pie, sola.

–Te he echado de menos esta semana. He encontrado un hermano, un primo, una familia entera, pero me faltaba algo. Sigo sintiendo que hay un agujero en mi vida, un espacio vacío.

–Seth, ¿qué estás diciendo?

–Estoy diciendo... Estoy diciendo que te quiero.

–¿Me... quieres?

–Sí –sonrió él, apretándola contra su corazón–. Te quiero. Y quiero a Maddie y a Missy. Estoy diciendo que quiero casarme contigo.

–¿Quieres que... me case contigo?

Había tenido días para pensarlo. Horas y horas para ensayar cómo iba a decírselo. Pero al verla lo olvidó todo.

–Quiero que te cases conmigo –repitió Seth, apartándose un poco para mirarla a los ojos–. ¿Quieres, Hannah?

–Pero yo... pero no puedes...

Él la besó entonces, un beso profundo, apasionado y lleno de ternura.

–Dime que me quieres, cariño.

–Claro que te quiero –dijo ella en voz baja–. Te quiero desde el día que llegaste a mi vida. A nuestras vidas.

–¿Quieres casarte conmigo?

–Pero tu trabajo...

–He dejado mi trabajo. Estaba harto de ser policía. Lo único que quiero a partir de ahora es estar contigo. Además, puedo trabajar en Ridgewater. Ned está buscando un mecánico y a mí me encantan los coches.

–¿Lo dices en serio?

–No, eso no. Esperaba que me enseñases a llevar un hostal.

Más tarde le diría que había heredado cinco millones de dólares. Por la noche, tomando una copa de champán, decidirían qué iban a hacer con tanto dinero.

–Pero...

–Decídete pronto o me va a dar algo.

–Sí –dijo Hannah entonces–. Sí, sí, me casaré contigo.

Seth la besó de nuevo, con el corazón lleno de alegría. Pero dejaron de hacerlo al oír un golpe y los gritos de quince niños buscando caramelos.

Él apoyó la frente sobre la de Hannah, esperando que su corazón recuperase el ritmo normal.

–Estoy deseando que conozcas a mi familia. Y ellos están deseando conocerte.

–¿Les has hablado de mí?

–¿Cómo no iba a hablarles de la mujer con la que voy a casarme? En cuanto decidamos una fecha para la boda, llamaré a mi madre adoptiva. Ella siempre ha querido una gran boda... ¿qué tal después del día de Acción de Gracias?

–¡Acción de Gracias! Pero si faltan tres semanas...

–Tienes razón, es demasiado tiempo. Nos casaremos dentro de dos semanas.

Riendo, Hannah enredó los brazos alrededor de su cuello.

–No podemos planear una gran boda en dos semanas, tonto. Hay que comprar el vestido, las flores, planear el banquete, las invitaciones...

–Llamaremos a Billy Bishop. Puede publicar la invitación en la portada del periódico.

–¿Quieres invitar a todo el pueblo? –preguntó ella, atónita.

–Por supuesto. Incluso a tu tía Martha. Si quiere venir.

–Claro que vendrá –rio Hannah–. ¿Te puedes creer que me ha llamado para disculparse por su comportamiento?

–¿Estamos hablando de la misma tía Martha?

–La única que tengo. Todo por ti, Seth Granger.

–En realidad, voy a recuperar mi verdadero apellido, Blackhawk.

–La señora de Blackhawk… –murmuró ella–. Me gusta mucho. Y tú me gustas más.

–Gracias.

Seth volvió a besarla, una caricia suave, tierna, una promesa de amor.

–Entonces, ¿no te molesta vivir en Ridgewater, la cuna del pastel de frutas más grande del mundo? –rio Hannah.

–Tendría que ser el imbécil más grande del mundo para dejar pasar esta oportunidad. Mi casa, mi vida está donde estés tú. Tú y las niñas.

Maddie y Missy entraban en ese momento en la cocina preguntando por sus pasteles y, al ver a Seth, ambas lanzaron un grito de alegría. Él las tomó en brazos, emocionado.

–¿Sabes qué deseo hemos pedido al apagar las velas?

–No.

–Que volvieras –sonrió Maddie.

–¡Y el deseo se ha hecho realidad! –gritó Missy.

–Mi deseo también –murmuró Seth, mirando a Hannah–. Mi deseo también.

# Acepte 2 de nuestras mejores novelas de amor GRATIS

## ¡Y reciba un regalo sorpresa!

---

## Oferta especial de tiempo limitado

**Rellene el cupón y envíelo a**

**Harlequin Reader Service®**
3010 Walden Ave.
P.O. Box 1867
Buffalo, N.Y. 14240-1867

**¡Sí!** Por favor, envíenme 2 novelas de amor de Harlequin (1 Bianca® y 1 Deseo®) gratis, más el regalo sorpresa. Luego remítanme 4 novelas nuevas todos los meses, las cuales recibiré mucho antes de que aparezcan en librerías, y factúrenme al bajo precio de $2,99 cada una, más $0,25 por envío e impuesto de ventas, si corresponde*. Este es el precio total, y es un ahorro de más del 10% sobre el precio de portada. !Una oferta excelente! Entiendo que el hecho de aceptar estos libros y el regalo no me obliga en forma alguna a la compra de libros adicionales. Y también que puedo devolver cualquier envío y cancelar en cualquier momento. Aún si decido no comprar ningún otro libro de Harlequin, los 2 libros gratis y el regalo sorpresa son míos para siempre.

416 BPA CESK

---

| | |
|---|---|
| Nombre y apellido | (Por favor, letra de molde) |

---

| | |
|---|---|
| Dirección | Apartamento No. |

---

| | | |
|---|---|---|
| Ciudad | Estado | Zona postal |

Esta oferta se limita a un pedido por hogar y no está disponible para los subscriptores actuales de Deseo® y Bianca®.
*Los términos y precios quedan sujetos a cambios sin aviso previo.
Impuestos de ventas aplican en N.Y.

SPD-198                                   ©1997 Harlequin Enterprises Limited

# BIANCA.

*Él podía dárselo todo... excepto su amor.*

Por mucho que detestara la idea, casarse con Cesare Santorino era lo que más había deseado Megan en toda su vida. Finalmente decidió que no le quedaba otro remedio que intentar solucionar sus graves problemas y proponerle a Cesare un matrimonio de conveniencia con el que ambos saldrían beneficiados. Aunque era obvio que no la amaba, él nunca ocultó el deseo que sentía por Megan, y ella no perdía la esperanza de que algún día su marido la viera como algo más que un cuerpo atractivo que despertaba en él tanta pasión...

LA ESPOSA DE
SICILIAN

Kate Walke

*Deseo*®

**EL BESO MÁS APASIONADO**

*Bronwyn Jameson*

Todo lo que Julia Goodwin deseaba estaba allí, en la pequeña ciudad de Plenty. Al menos eso era lo que ella creía, hasta que el rebelde Zane O'Sullivan volvió a la ciudad... y puso patas arriba todo su tranquilo mundo.

Sin embargo, parecía que aquel hombre no era el mismo joven vestido de cuero que había hechizado a Julia cuando no era más que una adolescente de buena familia. El Zane actual era todo un hombre capaz de provocar los deseos más profundos de cualquier mujer; pero también había en él una cierta vulnerabilidad que a Julia le inspiraba una increíble ternura... ¿Qué pasaría cuando él descubriera que su descontrolada pasión iba a convertirlo en padre?

**Los problemas habían vuelto a la ciudad.**

# BIANCA.

*Él le había complicado la vida todavía más...*

Sebasten Contaxis era un guapísimo multimillonario griego para el que las mujeres eran solo un entretenimiento.

Lizzie Denton estaba desesperada, sin hogar y sin trabajo y los rumores afirmaban que le había roto el corazón a un hombre.

Sebasten quería que pagara por ello y había encontrado la manera de vengarse. Por su parte, cuando Lizzie se enteró de cuál era la intención de Sebasten, ya le había entregado su virginidad.

Así que, allí estaba ella: todavía un poco desesperada, con un hogar, pero sin trabajo... y embarazada. Y por otro lado, Sebasten: guapo, millonario... y a punto de tener un hijo.

DURMIENDO CON EL ENEMIGO

Lynne Graham